드로잉메리 이민경

그림을 그리는 사람이다. 내 그림이 필요하고, 즐겁게 작업할 수 있다면 분야를 가리지 않는다. 어린 시절부터 그림을 끼적이다 미술을 전공하고 이제 그것이 직업이 되었다. 지금 와 생각하면 거의 평생을 그리며 살아왔지만 단 한 번도 그리는 일을 놓겠다는 생각을 한 적 없었다는 것이 특별하다면 특별할 것이다. '드로잉메리'라는 이름처럼 즐거움 가득한 그림을, 할머니가 되어서도 즐겁게 그리는 것이 삶의 목표다. 『메리 썸머』, 『메리 피플』 등의 책을 썼으며 『작은 여행, 다녀오겠습니다』의 삽화를 그렸다.

@drawingmary

달콤한 밤
되세요

폴앤니나 소설 시리즈 01

달콤한 밤
되세요

노정 장편소설

드로잉메리 그림

❀ 폴앤니나

모두들 견디고 있나요? 삶이라는 폐허를?
이 폐허를 건너 새로운 시간에 도착하고 싶다면,
드림초콜릿호텔로 오세요.
그곳엔 지긋지긋하기만 했던 일상과 노동이
무척이나 흥미롭고 낯설게 구비되어 있거든요.
당신은 그저 군상들의 유쾌한 입담과 기발한 상상력으로 가득 찬,
이 다 무너져가는 호텔에서 하룻밤 묵으시면 돼요.
그러고는 아무렇지 않은 듯 당신의 삶으로 돌아가세요.
익숙한 삶이지만 분명 달라져 있을 겁니다.
전혀 다른 시간일 거예요.
쌉싸름한 게 훨씬 더 많지만
가끔은 머리가 띵할 정도로 달콤한,
드림초콜릿호텔로 어서 오세요.

시인 김근

차례

I. 체크인

I.
체크인

호텔이
무너진다

　드림초콜릿호텔은 나날이 무너지고 있다.

　은유가 아니다. 실제로, 물리적으로 무너지고 있다. 오늘은 주차장 위에 있던 물탱크가 땅에 떨어졌다. 천장을 지탱하고 있던 낡은 철판이 물탱크의 육중한 무게를 이기지 못해 내려앉은 것이다. 우지끈, 콰콰콰쾅.

　프런트에서 졸던 길주임부터 사무실 소파에 누워 TV 보던 박사장까지 모두 사색이 돼 뛰쳐나왔다. 때마침 손님 차를 대고 걸어오던 차대리가 기막힌 현장을 그 자리에서 목도하고 얼어붙었다.

　호텔이 무너진다

기우뚱, 내려앉은 철판 바로 앞에는 아우디가 주차돼 있었다.

평일 새벽에도 종종 들어오곤 하는 그 외제차다. 매번 다른 대리운전 기사가 끌고 왔고, 뒷좌석에서는 선글라스 쓴 남자가 비틀거리며 나왔다. 남자의 팔짱을 끼고 함께 내리는 여자도 매번 달랐다. 어떤 날은 투톤으로 염색한 단발머리였다가 다른 날은 포니테일의 긴 머리였고, 또 어느 날에는 한국 사람이 아니었다.

어쨌거나 단골이므로 아우디의 마일리지는 차곡차곡 쌓이고 있다. 그가 알뜰히 모은 마일리지에다 할인권까지 긁어 제일 싼 방을 결제하는 날이면 지배인 입에서 쌍욕이 터져 나온다.

아우디씩이나 끌고 다니는 새끼가, 어디 할 짓이 없어서, 주차비도 안 빠지는 방을 저 쌍놈의 새끼가. 에라이, 자손 대대로 아우디 끌고 모텔이나 다닐 새끼야.

자손 대대로 모텔이나 들락거려 마땅한 아우디일지라도 아우디 위에는 물탱크는커녕 새똥 한 알도 떨어져서는 안 된다. 손님의 아우디는 응당 그렇다. 만일 물탱크가 아우디 위에 떨어졌으면 이 호텔은 막대한 손해배상금을 게워낸 후 파산했을 것이다. 당구 좋아하는 박사장 표현을 빌리자면 물탱크는 '깻잎 한 장' 차이로 아우디의 꽁무니 바로 뒤쪽으로 처박혔다.

사장이 전생에 덕을 제법 쌓았나 부네.

지배인이 씹어뱉듯 중얼거리자 차대리가 맞받는다.

그럼 우린 전생에 나라를 팔아먹은 건가요.

두 사람이 만담 같은 넋두리를 주고받을 때 프런트 전화가 울린다. 어젯밤 아우디를 타고 온 금발의 미녀다. 전화를 받은 지배인이 입술을 잘근잘근 씹으며 듣고만 있다. 그러다가 길주임에게 수화기를 넘기면서 이렇게 말하면, 불법이다.

뭐래는지 하나도 못 알아먹겠다. 나주임한테 전화해라. 이 여자가 뭐라고 하는지 통역 좀 하라고 해.

이런 돼먹지 못한 업무 지시를 받을 때 길주임 목소리는 땅속으로 기어들어간다. 길주임도 안다. 24시간 근무하고 기절해버린 캐셔를 깨우는 건 불법이다.

어, 언니? 쉬시는데 전화드려서 정말 죄송해요. 902호에 외국인이 들어갔는데 뭐라고 하는지 모르겠어요. 언니, 언니? 살려주세요, 언니이…….

전화기 너머로 길주임의 목소리를 들으면서 나주임은

호텔이 무너진다

가사 상태에서 서서히 빠져나온다. 세상에 이런 법이 다 있는가. 이건 노동법 위반이다. 이제 가물가물 잠이 들려던 참인데, 통역이라니. 시간외수당을 줄 것도 아니면서. 이건 명백한 근로기준법 위반이라고, 이 개같은 새끼야!

그러나 애꿎은 길주임한테 욕을 퍼부을 순 없다. 소행성이나 운석 하나가 어서 날아오기를, 동해상 어딘가에 보기 좋게 갖다 박히기를, 그리하여 노동 착취와 자본주의에 종말을 고하기를. 살벌한 저주를 퍼부으며 나주임은 인터폰 연결음을 듣고 있다. 뚜우– 뚜우– 그리고 딸깍, 금발의 미녀가 새하얀 손으로 수화기를 드는 소리.

헬로우, 맴. 이즈 데얼 애니 프라블럼? 아암, 어어……. 웨이러 쎄컨 플리즈.

당황한 나머지 통화 종료 버튼을 눌러버렸다. 잠이 싹 달아났다. 나주임은 호텔 프런트로 다시 전화를 건다. 이제 나주임의 저주는 지배인을 넘어 박사장에게 향한다. 돈 받고 키만 주면 된다며, 이 자본가 새끼야, 퇴근하고 나서도 통역시킨다는 말은 왜 안 해줬냐, 악덕 사기꾼 새끼야, 금발이면 다아 미국인이나 영국인밖에 없는 줄 알았냐, 이 무식한 새끼야, 시부렁시부렁.

길주임, 이 여자 러시아 사람 같은데. 나 노어노문 아니야, 영문과야. 걔는 냅두고 아우디를 깨우세요. 902호라고 했죠. 그 방 어제부터 TV 단자 나갔어. 다른 방으로 바꿔달라고 하면 그냥 바꿔줘. 그리고 난 죽었어. 죽었으니까, 미국인이 와도 전화하지 마. 호텔이 무너져도 제발 나한테는 전화하지 마아!

호텔이 무너진다

드림초콜릿호텔
오시는 길

남한사회주의노동자당에서 일하던 시절엔 '라이더 나과
장'으로 불렸어요. 3년 내내 자전거 출퇴근을 했거든요. 잘 정
비된 자전거 도로를 따라 계속 달리면 여의도 당사가 나왔어
요. 호시절이었죠. 이제는 그냥 나주임이에요. 호텔 캐셔 나
주임. '라이더 나주임'은 없습니다.

용산에 있는 드림초콜릿호텔까지 자전거로 가려면 지하
차도를 두 번 통과하고 혼잡한 6차선 차로를 계속 달려야 해
요. 서울 바닥에서 그렇게 무모하게 자전거를 타다간 죽습니
다. 나는 이제 담벼락에 황칠할 때까지 사는 것이 목표거든

요. 그래서 자전거 출퇴근의 로망은 버렸습니다. 서울 시내 주요 기차역을 모두 관통하고 동대문까지 이어지는 1호선은 특히 오전에 붐벼요. 오전 10시. 24시간 근무를 마치고 퇴근하는 시간이죠. 새벽시장에서 물건을 떼어 온 상인들은 보따리의 무게를 이기지 못해 휘청거립니다. 가수면 상태로 지하철을 타더라도 환승역을 지나칠 위험이 없어요. 보따리에 부딪고 발등을 찧다 보면 자꾸만 잠이 깨거든.

그래도 출근길에 비하면 이 정돈 양반이죠. 이튿날 아침에 24시간 근무 교대를 하기 위해 다시 1호선을 타는 시각은 8시 40분. 그 시간대의 1호선은 지옥입니다. 앞사람 배낭에 볼따귀가 짓눌리고 뒷사람이 내뿜는 입김을 뒷덜미로 느끼며 용산역에 다다르면 애써 사람들 사이를 헤치고 나올 필요도 없어요. 인파에 몸을 맡기면 어느 순간 내 의지와 상관없이 튕겨 나와 있거든요.

반쯤 얼이 빠진 상태로 11번 출구를 나오면 황량한 공터가 펼쳐집니다. 네, 맞아요. 몇 해 전에 철거민들이 농성을 벌이다가 화재가 발생한 그곳이에요. 해마다 이곳에서 열리는 추모제를 기획했지만 그것도 이제는 옛날 일이 됐네요. 나는 애써 눈길을 돌리며 발걸음을 서두릅니다. 보도블록만 내려다보며 걸어요. 하지만 머릿속에선 촛불과 국화, 그리고 길모퉁이에 오종종하니 서 있던 수녀님들의 모습이 떠올랐다 사라집니다. 출근하는 아침에도, 퇴근하는 아침에도 늘 반복되는 일이라서 이제는 익숙해요. 익숙해져야지요.

드림초콜릿호텔은 재개발 구역을 절묘하게 비껴간 곳에 서 있습니다. 초콜릿 모양의 외장재로 건물 전체를 감싸고 15층 꼭대기에는 '드림초콜릿'이라고 큼지막하게 적힌 네온 간판이 달려 있어요. 이 건물을 처음 지은 사람은 기표와 기의가 절묘하게 어우러지는 디자인이라 자화자찬했을지 모릅니다. 그러나 세월이 흐르면서 초콜릿은 흐물흐물 녹아내렸고 이제는 괴기스러운 분위기마저 자아내고 있죠.

괴기스러운 분위기의 정점은 주차장 옆으로 툭 튀어나온 조립식 컨테이너입니다. 이곳은 호텔 식당이에요. 주의할 것은 '호텔 레스토랑'이 아니라 '식당'으로 불린다는 점이에요. 중국인 관광 특수가 이어지면서 주차장 위에다 급조한 이 식당은 다양한 기능과 역할을 합니다. 일단 중국인 단체 관광객에게 '조식'이라 불리는 식빵 쪼가리를 제공함으로써 여행사로부터 한 푼이라도 더 뜯어낼 수 있어요. 그리고 24시간 교대 근무를 하는 직원들에게 식사를 제공함으로써 밥값도 아끼고 노동 시간도 더 늘릴 수 있죠. 사업주 입장에서는 일석이조 아니겠어요?

이곳에는 우리가 '이모'라고 부르는 아주머니가 새벽에 출근해 삼시 세끼를 지어주고 오후 늦게 퇴근합니다. 이 호텔이 '집단급식소 또는 일반음식점 영업신고'를 했는지, 이모에게 '영양사 또는 조리사의 자격증'이 있는지, 식약청에서 매년 위생 관리 감독을 나오기는 하는지, 이런 것을 생각하면 안 돼요. 너무 무섭잖아요. 난 세끼를 여기서 다 먹어야 하는 몸이라고요. 그러니 그런 무서운 얘긴 이제 그만.

근처에 있는 다른 호텔들에 비해 주차장은 넓어요. 열다섯 칸으로 구획이 나누어져 있지요. 하지만 가로주차, 더블주차를 하고 외벽 바깥까지 줄줄이 대면 훨씬 많이 욱여넣을 수 있답니다. 벚꽃 축제 기간의 주말에 나는 스물다섯 대까지 집어넣는 걸 봤다니까요. 주차 공간이 턱없이 부족한 서울 시내에서 주차장 운용 역량은 호텔리어에게 필수예요. 문제는 차 키를 제대로 받아두어야 한다는 건데요. 가로주차한 차를 치우고 안쪽에 있는 차를 빼야 하니까요. 차 키를 받는 것은 캐셔의 가장 중대한 업무 중 하나입니다. 내가 가장 못하는 업무이기도 하고요.

이 호텔 주차장에는 가림막이 없습니다. 현명한 처사라고 봐요. 대개의 러브호텔들이 '내가 이 모텔에 있음을 내 배우자에게 알리지 말라'는 고객의 니즈를 반영해 가림막을 치는데요, 작정하고 번호판을 찍어가는 파파라치들에게 가림막은 아무런 장해물이 되지 않아요.

문제는 파파라치가 아닙니다. 미세먼지예요, 미세먼지. 세차를 하지 않아 뽀얗게 먼지가 앉은 차체 위로 가림막이 쓸고 지나갔다간 '여보, 나 모텔 다녀왔소' 자백하는 꼴이나 다름없지 않겠어요? 그리고 중국발 미세먼지는 갈수록 기승을 부리고 있죠. 그 흉물스런 가림막을 설치하지 않은 건 미관을 넘어 미래까지 내다본 탁월한 선택이라고 봐요.

그러나 호텔 로비의 풍경은 그다지 미래지향적이지 않습니다. 전혀. 노동친화적이지도 않고요.

로비로 들어섰을 때 시야에 보이는 모든 것들은 '트렌디'한 마케팅과 일절 무관합니다. 프런트 데스크 위에는 카드 단말기와 각종 할인 혜택 홍보물, 마일리지 적립 단말기, 천 원을 내고 공을 뽑을 수 있는 커다란 이벤트 상자까지 아이고, 어수선하기 짝이 없어요. 모든 것이 중요하고 모든 것이

　　　　　드림초콜릿호텔 오시는 길

눈에 잘 띄어야 직성이 풀리는 박사장의 마케팅 마인드 탓이죠. 선택과 집중의 묘 따위란 없습니다. 슬픈 일이죠.

프런트 맞은편은 더 가관입니다. 크르릉– 소리를 내며 돌아가는 고물 냉장고를 열면 공짜 음료수가 그득그득 쌓여 있어요. 티테이블 위에도 공짜 커피, 공짜 토스트, 겨울에는 공짜 유자차, 여름에는 공짜 팥빙수가 줄줄줄 널려 있습니다. 캐셔들의 인내심을 한계까지 밀어붙이는 광기의 공간이지요. 달달한 것이 즐비하니 파리가 계속 꼬이고, 온통 검은색으로 뒤덮인 인테리어 때문에 식빵 부스러기가 금방 눈에 띄니까요. 프런트 업무만도 버거운 캐셔들이 이곳을 늘 청결하게 유지한다는 건 불가능에 가까워요. 그래서 이 배라묵을 티테이블 때문에 박사장의 잔소리가 하루종일 쏟아지죠.

무너지는 것들에는 특유의 냄새가 있다는 것 아시나요? 싸구려 방향제 냄새 말이에요. 무너지는 것을 안간힘으로 은폐하기 위해 캐셔들은 수시로 방향제를 칙칙 뿌려댑니다. 조금만 쿰쿰한 냄새가 나도 박사장의 잔소리가 터지니까요. 사실 난 후각이 그다지 예민하지 않아요. 하지만 그 방향제 냄새는 귀신같이 감지할 수 있게 되었어요. 그래서 카페든 옷가게든 문을 열면서 그 냄새가 훅 끼치면 곧장 나와버리죠.

사실 이 방향제를 수시로 뿌려야 하는 이유는 로비 뒤쪽에 있어요. 삐걱거리는 문을 열면 지하실로 내려가는 계단이 나옵니다. 환기구도 변변치 않고 볕이 들지 않아 늘 곰팡이 냄새가 가득한데요. 바로 이곳이 악취의 진앙지입니다.

그런데요. 각종 객실 비품과 청소 용품이 쌓여 있는 이곳에 청소팀이 상주하는 숙소가 있어요. 여자방 하나, 남자방 하나. 이곳에서 청소팀 사람들은 열두 시간을 쉬고, 지상으로 올라와서 열두 시간을 일합니다. 휴가는 두 달에 한 번, 딱 하루뿐. 숙박객의 눈에 보이는 호텔 직원은 프런트와 주차요원뿐입니다. 그러나 눈에 보이지 않는다고 존재하지 않는 것은 아니에요. 이 호텔만 봐도 알 수 있죠. 청소팀 여섯 사람이 그림자처럼, 공기처럼 곳곳에 숨어 있습니다. 지하실에, 혹은 층과 층 사이 계단 구석에.

청소 이외에도 이분들이 반드시 지켜야 할 임무가 하나 더 있습니다. 손님들의 눈에 띄지 말라는 것. 존재를 숨기는 것이 존재의 임무가 되는 건 슬픈 일이죠. 그것이 대학교 화장실이든, 호텔 객실이든. 한 가지는 분명해요. 팅커벨이나 우렁각시가 몰래 나와서 청소를 하고 휘릭 사라지는 일 따윈 일어나지 않는다는 겁니다.

드림초콜릿호텔 오시는 길

연변에서 온 조선족 삼촌과 중국인 총각은 매트리스 커버를 교체하는, 이른바 '베팅'을 담당합니다. 아마 베딩 (bedding)이 어원이지 않을까 싶어요. 처음에 일을 시작했을 때에는 베팅, 베팅 하는 소리를 듣고 빗자루 대신 트럼프 카드를 들고 다니는 게 아닐까 몹쓸 상상을 했답니다.

객실 청소는 여자 청소팀 네 명이 맡아요. 이분들 가운데 한국인은 한 명뿐이에요. 나머지는 모두 조선족이나 중국인, 또는 일본인이죠. 난 이분들과의 의사소통에 계속 애를 먹고 있어요. 딱한 일이죠. 딱한 일이에요.

그들이 일하는 공간은 그들이 쉬는 공간보다 훨씬 크고 깨끗합니다. 15층까지 빼곡하게 들어차 있는 예순 개의 객실이지요. 드림초콜릿호텔은 층마다 인테리어 콘셉트가 다르다는 것, 알고 계셨나요? 2층은 일본식 다다미방을 연상케 하고 3층은 한국식, 5층은 방 한가운데에 월풀 욕조가 놓여 있고, 6층은 파티룸이 있는 식이에요.

인테리어가 어찌 되어 있건 객실을 점검하러 올라갈 때면 나는 엉뚱한 상상에 빠지곤 해요. 미국드라마 〈CSI〉에 나오는 파란 안경을 본 적이 있나요? 사람이 남긴 모든 흔적을 찾아내는 그 파란색 안경 말이에요. 그걸 쓰고 객실을 훑어본다면 아주 가관일 겁니다. 특히 침대 매트리스는 아주 볼 만하겠죠? 아이쿠, 호텔에서 잘 마음이 싹 사라지셨다고요? 이해합니다. 나 역시 그렇거든요.

마지막으로 드림초콜릿에서 내가 가장 좋아하는 비밀의 장소로 안내할게요.

이 건물의 맨 꼭대기, 15층으로 가면 오른쪽으로 다섯 개의 계단이 이어집니다. 계단을 타닥타닥 밟고 올라가서 또 한 번 돌면 큰 철문이 나와요. 안전상의 이유로 늘 잠겨 있죠. 이 문을 열려면 열쇠가 있어야 해요. 하지만 내가 누굽니까, 이 건물 내에 있는 모든 문짝의 열쇠 꾸러미를 관장하는 캐셔 아니겠어요? 나에게는 이 철문을 수시로 들고날 수 있는 권한이 있다니까요.

철문을 열고 나가볼까요. 네, 이곳이 옥상입니다. 드림초콜릿호텔에서 가장 높은 곳, 그리고 가장 조용한 곳. 녹슨 침대 프레임과 기자재 따위가 나뒹굴어 다소 음침하지만, 그래도 나는 여기가 좋아요. 손님의 발길이 끊기고 새벽이 되면 캐셔들에겐 잠시 눈을 붙일 시간이 주어집니다. 그러면 나는 곧장 옥상으로 향합니다.

드림초콜릿호텔 오시는 길

차대리는 "도대체 거기 올라가서 뭐해요? 외계인이랑 교신해요?" 하고 자꾸만 짓궂게 물어요. 지배인은 내가 거기서 북한 단파 라디오를 들을 것이라고 믿어 의심치 않고요.

하하, 둘 다 틀렸어요.

이곳에서 나는 밤마다 별을 봅니다. 나는 북극성을 찾는 법을 알아요. 여름철 대삼각형의 빗변을 어떻게 잇는지도 알고 있지요. 겨울에는 이곳에서 오리온자리에 희미한 대성운도 볼 수 있답니다. 서울에 살면서 오리온 대성운을 맨눈으로 보는 건 지금이 처음이자 마지막이 될 거예요. 서울은 별이 뜨지 않는 도시이고, 미세먼지는 갈수록 심해지고 있으니까요.

호텔 옥상은 밤하늘을 보기에 최적의 공간이에요. 동서남북 사면이 모두 틔어 있고요. 초콜릿 모양으로 높이 쌓아올린 건물 외벽은 밤늦도록 꺼지지 않는 도시의 불빛들을 차단해줍니다.

별을 보는 사람들은 불야성 같은 네온사인을 '광해(光害)'라고 부릅니다. 질색을 하죠. 별빛을 먹어버리거든요. 대학 동아리 시절에는 이런 광해를 피해서 깊은 산속으로 관측회를 떠났어요. 망원경을 이고 지고, 식량까지 나눠서 지고.

도시의 불빛이 따라오지 못하는 데까지 계속, 계속 올라가는 겁니다. 그런 산속에서는요, 밤이 되면 머리 위로 은하수가 쏟아져 내려요. 할 말을 잊게 되지요. 어떤 언어로도 그 하늘을 형용할 수가 없습니다.

유토피아가 실제로 존재한다면 그런 모습일 거라고 나는 생각했어요. 별 헤는 밤, 선배가 들려주던 북유럽 사민주의에 내가 매혹된 이유도 마찬가지예요. 나는 그 시절 북유럽 사민주의에 매혹되었던 걸까요? 천왕산 정상에서 바라본 은하수에 홀린 게 아니고? 혹은 그냥 선배가 좋았던 것일까요? 이제는 모든 것이 애매하고 모호할 따름입니다.

그리고 리재가 있어요. 별빛이 흐드러지는 천왕산 정상에도, 홀로 멍하니 서울 하늘을 올려다보는 호텔 옥상에도, 리재는 있습니다. 선배와 나를 가만히 쳐다보던, 감정이 담기지 않은 눈으로 말가니 나를 응시하던 그때처럼. 리재는 어디에나 있었고 지금도 여기에 있어요. 여러분의 눈에는 보이지 않습니다. 나에게만 보이는 사람이니까요. 저만치 서서, 아무 말도 하지 않고 그냥 바라만 보고 있네요.

리재를 쫓아내는 법은 정신병원에서도 가르쳐주지 않았어요. 다만 리재와 같이 있는 법을 배웠을 뿐이죠. 그 아이가

드림초콜릿호텔 오시는 길

있더라도 숨을 들이쉬는 법, 내쉬는 법, 눈을 맞추는 법, 두려워하지 않는 법.

밤하늘을 한참 쳐다보다가 눈이 감기기 시작하면 그만 자야 할 시간이에요. 내가 바지를 툭툭 털고 일어나면 리재도 슬며시 일어납니다. 열쇠 꾸러미를 쩔그렁거리며 계단을 내려오면 리재는 또 저만치 서서 나를 기다리고 있어요. 리재는 늘 여기에 있습니다.

그러므로 드림초콜릿호텔은 나명의 이야기이자 리재의 이야기이기도 합니다. 초콜릿처럼 달콤 쌉싸름한 사연이 가득한 이곳에 오신 여러분을 환영합니다. 드림초콜릿호텔에 체크인하시겠습니까?

도박중독자
박사장

스물두 살에 청소부터 시작했지. 30년을 이 바닥에서 일했어. 요즘 잘나가는 거기어때 대표, 어이놀자 중역들 있지? 다아 옛날에 내 밑에서 청소하던 애들이야. 챠아식들, 많이 컸어. 지난 추석에도 갈비 한 짝 들고 여기루 인사 왔잖니. 아, 우리 명이는 그때 없었나? 여튼. 걔들이 왔었다고.

애들이 선배라고 날 끔찍하게 챙겨요. 사람이라면 응당 그래야지, 아암. 이런 너절한 모텔이 '추천호텔'로 어떻게 올라갔겠어? 내가 전화 한 통씩 넣었으니 그리 된 게지. 나 없었으면 이 그지같은 모텔이 무슨 베스트야, 베스트는 개뿔. 이런 얘긴 아무한테나 안 해주는데 너니까 귀띔해주는 거야, 너니까. 어디 가서 이런 얘기 절대루 하고 다니면 안 돼.

요즘이야 호텔 객실에 커플 PC는 기본이지. 그거 대한민국에서 처음으로 시작한 게 바로 나야, 나. 큰 호텔에서 실장으로 잘나가던 시절에. 한창 전 국민이 스타크래프트에 미쳐서 게임방에 사람들이 바글바글했거든. 그때 내가 대학생들 대상으로 설문조사 돌리고 트렌드 분석해서 대거 리모델링을 했다고. 어떤 객실은 커플 PC 넣고, 다른 객실에는 당구 다이 놓고. 객실 쪼개서 파티룸도 만들고. 근데 이게 대박을 친 거라. 그 뒤로 개나 소나 다 따라가면서 이제는 테마호텔이 보통명사가 됐지. 영화 <세기말>을 그때 그 호텔에서 찍어 갔잖아. 송감독 요샌 뭐하나 몰라. 영화 말아먹고 캐나다로 이민 갔다는만, 토옹 소식이 없네.

내 나이 마흔다섯에 독립을 했어. 야심차게 내 명의로 호텔을 하나 열었지. 근데 이게 몇 년 전에 엎어졌어. 경기 침체가 계속 가니까 나 한 놈 잘한다고 될 일이 아니야. 자금이 제대로 안 돌아가는데 이건 뭐, 맨정신으로 살 수가 없어요. 나 말고도 여럿 말아먹었어.

그때 도박을 시작했어. 빈 객실에 처박혀서. 뭐 어때, 손님도 없는데 시발. 객실 놀리는 것보단 낫지. 남의 손에 건물 넘어가고 나서는 강원랜드를 다녔어. 따는 날보다 잃는 날이 더 많다는 거 나도 알아. 알면서도 속에서 열불 뻗치기 시작하면 그냥 가는 거야. 정신 차리고 보면 정선으로 미친 듯이 달리고 있어. 나중엔 자동차도 저당 잡혀서 버스 타고 집에 와. 그러다가 이혼까지 당하고 나니까 갈 데가 어딨어, 팔순 노모 댁으로 기어들어갔지. 그럭허고 나서야 정신이 번쩍 들었어. 아이고, 정신줄 잡아야겠다, 싶더라고.

명이 너 강원랜드 앞에 주인 없는 차들이 줄줄이 서 있다는 얘긴 들어봤지? 거기 가면은 외제차부터 화물차까지 대한민국에 돌아다니는 모든 차종을 다 볼 수 있어요. 근데 우리 병원까지 직행으로 가는 셔틀버스도 거기 같이 서 있는 거 알고 있냐? 그건 몰랐을걸. 강원랜드하고 정신병원이 협약을 맺었어요, 도박중독자들 얌전히 자알 모시고 가라고. 뿐이냐, 나라에서 치료비도 지원해줘요. 웃기지. 상식적으루다가 생각해 봐, 웃기잖아. 이 나라가 이렇게 웃긴 나라다아.

근데 대한민국 오천만 국민이 다 웃어도 나는 웃으면 안 되지. 도의적으루다가. 도박중독 치료 받을라고 정신병원에 내 발로 들어갔잖어. 나랏돈으로 치료 받고, 응? 잘 먹고 잘

도박중독자 박사장

자고, 응? 도박도 따악 끊고 말이지. 사실 나 같은 케이스가 드물어요. 우리 병동에 있던 도박쟁이들 봐라, 열 중 아홉은 도로아미타불 된다고. 퇴원하자마자 정선으로 달려가는 미친놈도 봤다니까? 그래도 난 대한민국 세금은 안 날려먹었다는 자부심이 있다, 비록 도박은 했지만서도. 이젠 완전히 손 끊었어. 어우, 추석 때 친척들이랑 고스톱도 안 쳐. 묵찌빠도 싫어, 이젠.

그때 정신병원에서 우리 명이를 만났잖어, 챠아식. 난 정신병원엔 진짜 정신병자들만 있는 줄 알았지 뭐야. 우리 나름 재밌었어, 그치? 1년 동안 정신병자들이랑 먹고 자는데 이게 재미가 아주 쏠쏠했다구. 펴엉생 일만 하고 살다가 그때 난생 처음으로 푹 쉬었지.

난 사람들한테 베푸는 게 참 좋아, 기본적으루다가. 정신병원에서 만난 알콜릭, 갬블릭 들한테 돈 떼어먹히기도 했지만. 개쌍눔들. 펴엉생 술 처먹구 도박이나 하라구 그래. 쨌든. 난 직원들한테도 '착한 사장'이야, 기본적으루다가.

10년이 지났는데도 명절 되면은 중국에서 안부전화가 바리바리 온다니깐. 조선족 청소 메이드였는데, 외국인들이 은행에 계좌를 트지 못하니깐 내가 통장을 만들어 줬거든. 한 달에 백이십만 원씩. 적금 통장으로다가. 그 친구가 내 밑에서 그렇게 육천만 원을 벌어서 돌아갔지. 그때 돈으로 육천이면 중국에서는 큰 건물 하나 올릴 수 있는 큰돈이야. 날 평생 은인으로 모시지.

난 그런 게 참 기분이 좋아. 한국 들어온 애들이 다아 그렇게 벌어서 나가진 못해. 여기 오래 있다 보면 한국식으로 물들기 딱 좋거든. 버는 대로 족족 써버리지. 길주임 봐라, 아이패드 사고 핸드백 들고. 그럭하믄 펴엉생 돈 못 모은다아.

어디까지 얘기했더라? 엉, 그래. 난 사람들한테 베푸는 게 차암 좋아. 봐라, 내가 지금 명이 너도 거둬 멕이고 있잖아. 난 기본적루다가 사람을 안 믿어요. 이 바닥에서 오래 일하면 어쩔 수가 없어, 그렇게 돼애. 근데 인마, 너는 자꾸만 눈에 밟히는 거라. 병원 있을 적에 말이야, 명이 너 기억나니? 사흘마다 발작을 하고 안정실로 끌려갔잖아. 너 이놈 자식, 여러 사람 놀래켰다고. 걱정을 이만저만 시킨 게 아니야.

여기 호텔에 와서 일해보라고 내 입으로 얘길 하고도 긴가민가했어, 첨에는. 지금도 빠짝 얼어서 혼자서 안절부절, 콩닥콩닥거리잖어. 아니 이게 뭐가 그렇게 대단한 일이라고.

도박중독자 박사장

내가 늘 얘기하잖니, 돈 받고 키 주는 일이라고. 근데 말이야, 네가 별 것 아닌 실수에도 혼자 머리 쥐어뜯는 걸 볼 때마다 그게 차암 이뻐. 날 닮었어. 뭐든 열심히 할려고 애쓰고 말이지. 꼬옥 젊었을 적 나를 보는 것 같어.

내가 잘 챙겨주고 도와줄 테니 나만 믿어. 나랑 알고 지내믄 죽을 때까지 일자리 걱정은 안 해두 돼, 기본적으루다가. 젊어서는 프런트에서 캐셔 하지, 늙으면 청소팀 하면 되지. 호텔이 바로 '평생직장'이다, 너어.

여기 이 호텔은 이제 수명이 끝났어. 여름 오기 전에 발을 빼는 게 상책이야. 털털거리는 에어컨이며 문짝이며, 저걸 다 어떻게 바꾸니? 손 털고 나가야지. 내가 얼마 전에 가리봉동에 목 좋은 비즈니스호텔을 하나 인수했거든. 명이 너를 그리루 빼갈까 싶어. 아, 오해는 말라구. 딴마음 있거나 그런 거 절대 아니야. 나 여친 있는 남자야, 왜 이래. 그저 너무 짠하고 도와주고 싶고, 베풀고 싶어서 그래. 나는 아부지 같은, 착한 사장이니까.

불면증 환자
나주임

저 호텔 프런트에서 일해요, 선생님. 이제 3주째예요.

⟨먼데이서울⟩이요? 관뒀는데요. 이틀 다니다가 때려쳤어요. ⟨먼데이서울⟩은요, 어제까지 ⟨썬데이서울⟩에 다니다 온 사람처럼 글을 토해낼 기자를 원했습니다. 저는 그럴 능력이 안 됐고요.

그래요, 사실대로 말할게요. 한 글자도 쓰지 못했어요. 출근한 첫날도, 그 이튿날도. 편집장은 남의 속도 모르고 혼자서 신이 나 있었고요. 정당에서 일하다 왔으니 국회 출입 기자로 보내겠다는 겁니다.

불면증 환자 나주임

끔찍했어요. 난 컴퓨터 화면에 허연 창만 띄워 놓고 머저리같이 앉아 있는데.

글을 쓰지 못하는 기자라니 우습잖아요. 어쩌겠어요. 가수가 성대를 잃으면, 전투기 조종사가 시력이 나빠지면 은퇴해야지요. 이틀째 되던 날 오후 6시에 사표를 내고 〈먼데이 서울〉을 나왔습니다.

더 이상 자살 시도 같은 건 하지 않아요. 죽지도 못하면서 병원비만 축내는 비싼 돈지랄이죠. 이젠 입원할 돈도 없어요. 돈이 없으니 돈을 벌어야 하는데, 글이 안 써지네요. 하하핫. 글 쓰는 것 말고는 할 줄 아는 게 없는데.

쓰지는 못해도 이제 읽을 수는 있어요. 실업급여를 받으면서 여섯 달 내내 신문만 읽었거든요. 1면 머리기사부터 마지막 장 사설까지 한 글자도 안 빼먹고 다 읽었어요. 왜 그런 미친 짓을 했냐고요? 다시 글을 써야 되니까요. 읽고 또 읽다 보면 쓸 수도 있지 않을까, 그렇게 생각했죠. 그게 아주 큰 착각이었다는 것을 이제야 깨닫습니다.

신문을 전면 완독하면서 여섯 달을 살고 난 뒤에 한 달에 걸쳐 자기소개서를 써서 취업알선 사이트에 올렸어요. 그런데 면접 보러 오라는 곳이 한 군데도 없더라고요. 이해는 해요. 내가 사업주라도 그랬을 걸요. 세상에, 남한사회주의노동자당이라니. 심지어 '기관지' 편집자라니. 얼마나 무서웠겠어. 글자를 보는 것만으로도 소름이 돋지 않았겠어요?

이건 정말 부끄러운 얘긴데요, 내 주치의니까 선생님한테만 말씀드리는 거예요. 어디 가서 절대 얘기하심 안 돼요. 의료법 위반으로 소송 걸 거야.

취직하려고 저는 사회주의자로서의 자존심도 버렸어요. 개량이 되었지요. 자기소개서를 이렇게 수정했어요, 수정주의적으로.

–나는 유혈혁명을 통한 체제 전복에는 관심이 없다, 나의 정치적 지향은 북한보다 북유럽 사민주의 복지국가에 훨씬 가깝다, 그러니까 '남한사회주의노동자당'에서 '기관지' 만들었다고 '위험분자'는 아니다, 너희들을 해치지 않으마.

그게 꽤나 재치 있게 보였나 봐요. 그 자기소개서 하나로 〈먼데이서울〉에 취직한 거예요. 취직한 거였는데. 에이, 아쉬워요. 빨갱이 전력을 세탁하고 언론계로 이직할 수 있는 절호의 찬스를 날렸다니까요. 연봉도 높았는데.

어어, 지금 비웃은 거예요? 환자를 그렇게 막 비웃어도 되는 겁니까? 그거 의료법 위반이라고요. 흥, 의사 연봉에 비할 바는 못 되겠지만, 남한사회주의노동자당에서는 최저임금도 못 받았는데 그 정도면 많은 거죠. 뭐 어때서요.

그런데요, 선생님. 저는 죽을 때까지 글을 못 쓰게 되는 건가요. 저는 왜 글을 쓰지 못하는 걸까요. 아니, 다시 쓸 수는 있을까요.

혹시 개방병동에 있던 박사장 아저씨 기억하시나요? 네, 호텔 운영한다는 그 도박중독자 아저씨 말이에요. 아저씨네 호텔에서 캐셔를 구한다길래 〈먼데이서울〉 관둔 다음 날부터 거기로 출근했어요.

저도 안다고요, 정신병자들끼리 연애하다간 어떤 재앙이 벌어지는지. 병원 있을 때 귀에 못이 박히게 들었어요. 그런데 그 아저씨 애인 있어요. 저는 그분 취향이 아닌가 보던데요. 작업은 전혀 안 걸어요. 그냥 제가 좀 불쌍했나 봅니다. 취직도 시켜주고.

돈은 많이 안 줘요. 뭐, 캐셔로 일해서 큰돈 벌겠다고 생각한 적도 없었지만. '아는 운동권'이 악독한 건 익히 들어 알고 있었는데 '아는 도박중독자' 사업주도 만만치 않더라고요. 24시간 교대로 일하고 새벽에 세 시간쯤 자는데요, 옛 동지

들이 계산기 두들겨보더니 최저임금 위반 사업장이라고 난립니다. 빨갱이들이 하는 말이니 아마 맞을 거예요. 늘 그렇듯, 아는 사람을 조심해야 합니다.

며칠 전에는 저를 사무실로 따로 부르더니 청소 노동자들이 저의 '다나까체'에 당황하고 있다고 하더군요. 다나까체 아시죠? 합니다, 합니까, 이런 군대식 존대법 말이에요. 그러면서 '가족 같은 분위기'를 깨지 말아달래요. 그래서 아부지 같은 분들한테 딸처럼 살갑게 청소를 시키라는, 별 개같은 미션이 하나 더 추가됐습니다. 가족이라니. 넌 니 가족들도 최저임금 안 주고 부려먹냐 묻고 싶었지만, 차 키도 제대로 못 받는 무능한 노동자가 할 말이 아니라서 그냥 삼켰죠.

차 키를 왜 받느냐고요? 하하하, 우리 의사 선생님이 모텔은 한 번도 안 가보셨구나? 주차장에 최대한 꽉꽉 차를 집어넣고 또 나중에 빼내고 하려면 차 키를 받아놔야 합니다. 첫 출근하던 날 지배인이랑 박사장이 그러는 거예요, 야야, 쫄지 마, 돈 받고 키 주는 일이야.

나중에 보니 그 자식들이 빼먹고 말 안 한 게 좀 많더라고요. 가격 흥정하고, 돈 받고, 객실 키 내주면서, 동시에 차 키를 받는 일, 이라고 정확하게 말을 해줬어야지. 입실 장부에다 몇 호에 들어갔는지 쓰고, 주차 메모보드에 주차된 자리도 표시하고요. 그러고 나서도 바로 들여보내면 안 됩니다. 마일리지 적립해주고, 천 원짜리 뽑기 이벤트 하실 건지도 물어보고, 퇴실 시각도 알려주고. 그러다 보면 차 키 받는 건 까마득히 잊어먹기 일쑤죠.

그래서 자동차 끌고 오는 새끼들이 두세 팀 동시에 들이닥치면 재앙이 벌어져요. 지금은 비수기라서 그나마 다행인데요, 4월 초에 여의도에서 벚꽃 축제라는 게 열리거든요. 그때 되면 저란 년, 멀쩡한 호텔 하나쯤 거뜬히 말아잡숫게 될지도 모른다는 공포에 떨고 있습니다. 출근한 지 3주 만에 저는 자동차와 벚꽃을 증오하게 되었어요.

뭐, 그렇다고 한 팀씩만 들어올 때는 재앙이 안 벌어지냐 하면 그건 아니고요. 방으로 빨리 올라가려는 사람들을 붙들고 온갖 것들을 묻고 답하고 설명하다 보면 차 키 받는 걸 자꾸 까먹어요. 차 키를 안 받으면 어떻게 되냐고요? 일단 지배인한테 욕을 한 바가지 먹죠. 그러고는 손님 방에 전화해서 또 욕 한 바가지 먹고요. 그다음에 바람같이 뛰어 올라가서 차 키를 받아 옵니다.

가끔 아저씨들이 사각팬티 차림으로 차 키를 던지며 샷

불면증 환자 나주임

대질을 하는데요, 저건 팬티가 아니라 반바지일 거야, 하고 자기암시를 걸면 좀 덜 민망해져요. 그래도 삼각팬티는 아니잖아, 위안을 삼기도 하고요.

　　돈 받고 객실 키 내주고 차 키만 받으면 되냐고요? 하하하, 설마요. 이 호텔이 층마다 테마가 달라요. 또 객실마다 시설도 다르고요. 어떤 방은 월풀이 있고 없고, 또 어떤 방은 침실 안에 세면대가 있고 없고. 더블 베드, 트윈 베드, 트윈 베드에 싱글 베드, 침대 유형도 외워야죠. 인터넷으로 들어가면 더 환장하는데요, 요일마다 방값과 입퇴실 시각이 다르고 아홉 개 웹사이트에 올리는 방값과 입퇴실 시각도 천차만별이에요. 마일리지 적립 기준과 상품권, 쿠폰 적용 방침도 요일마다 다릅니다. 도대체 어떤 머저리 같은 인간들이 이딴 식으로 사업체를 운영하는지 궁금하세요? 여기요. 이 드림초콜릿호텔이 그래요.
　　첫 주에는 그 모든 것들을 골 빠지게 외웠어요. 하지만 세상 모든 일이 그렇듯 문제는 늘 '실전'에서 터지죠. 남은 객실 개수와 인터넷 예약 현황을 체크하면서 동시에 주차장 모니터링을 해야 되거든요. 재밌겠죠. 하하하.

한번은 주차장이 꽉 찬 걸 못 보고 객실 키를 내준 적이 있어요. 성질 급한 한국인 50대 남성을 진정시키는 게 얼마나 난감한 일인지 선생님도 익히 알고 계실 겁니다. 아니 무슨, 등 뒤에서 와이프가 쫓아오기라도 하듯 호텔 입구에 차를 세우고 뛰어 들어와선 '빨리, 빨리빨리'를 속사포처럼 쏘아대는데 엉겁결에 객실 키를 줘버린 거예요. 대재앙이었습니다.

퇴실하는 다른 손님 차를 빼야 하는데 입구는 SUV가 딱 막아섰지, 지배인은 길길이 날뛰지, 주차 자리가 없어서 나가주셔야겠다고 객실로 전화했더니 그 아저씨도 지랄지랄 용천을 하지, 거기다가 또 현금도 아니고 카드로 결제를 했네? 카드 결제를 취소하려면요, 수십 장이 넘는 영수증 쪼가리를 뒤져서, 취소할 영수증을 찾아서, 영수증 번호 열여섯 자리를 정확하게 입력하고 취소 버튼을 눌러야 돼요. 그런데 저 같은 초짜 캐셔한테 신용카드 단말기란 얼마나 가혹한 기계인지 선생님은 결코 알 수 없을 겁니다. 그날 처음으로 화장실에 처박혀서 엉엉 울었어요.

웃긴 게 뭐냐면요, 그렇게 시뻘게진 눈으로 화장실 문을 열고 나오면 지배인이 사색이 됩니다. 캐셔들이 워낙 잘 때

불면증 환자 나주임

려치우고 나가는 통에 여긴 늘 구인난이 심각하거든요. 얼굴이 하얗게 질려갖고선 또 살살 달래요.

거 참, 사람이 왜 그리 스트레스를 받구 그르냐아. 아, 쉬운 일이라고. 돈 받고 키 내주는 일이라니깐.

맨날 '돈 받고 키 주는 일'이래. 그럼 나 말고 너희 엄마 델꾸와서 앉혀놔, 이 새끼야. 진짜 그렇게 말하냐고요? 설마요.

그런데도 계속 다닐 거냐고요? 다녀야지 그럼 어떡해요. 돈은 다 떨어졌고, 더 이상 글 써서 먹고살지는 못하게 됐는데. 갈 데가 없어요. 제가 할 줄 아는 게 뭐가 있겠어요.

아, 좋은 점이 딱 하나 있긴 해요. 이제는 잠을 잘 자요. 눕자마자 곯아떨어집니다. 다른 캐셔들은 새벽에 세 시간밖에 못 자는 게 고역이라는데 저에겐 축복 같아요. 깨지 않고 세 시간을 자 본 것이 얼마 만인지 모릅니다.

선생님, 제가 이제껏 고생을 안 해봐서 잠을 못 잤던 걸까요? 그건 아니라고요? 어떻게 확신하시죠? 육체노동자들 가운데 불면증 환자 비율이 몇 %인지 학계 연구 자료 같은 게 있나요? 아니 뭐, 그냥 궁금해서요.

퇴근하고 집에 가서도 죽은 듯이 잡니다. 회계 정산 공식이랑 아홉 개 웹사이트의 요일별 입퇴실 시각, 그제 입었던 블라우스를 재활용해서 입는 요령 같은 것만 머릿속에 꽉꽉 들어 있으니 마음이 더 이상 어지럽지 않아요. 거지발싸개 같은 글에 내 이름 안 박아넣어도 되니깐 잠이 더 잘 오는 것 같기도 합니다. 꿈이요? 총천연색 하드보일드 액션 영화를 찍죠, 뭐. 어제는 지하철 개찰구를 FBI 요원처럼 날아서 도망 다니는 꿈을 꿨어요.

재미난 게요, 꿈을 꿀 때마다 늘 문이 잠기질 않아요. 어린 시절 기와집도 나오고 부산에서 세 들어 살던 원룸, 지금 살고 있는 이층집, 제 기억 속의 집이란 집은 죄다 돌아다니는데요, 그 모든 집에서 현관문 걸쇠가 헛돌아요.

그런데요, 선생님. 이 배라묵을 호텔에서도 객실 문짝 때문에 매일 스펙터클한 일상이 벌어집니다. 문이 늘 말썽이에요. 얄궂지요? 참 얄궂어요.

불면증 환자 나주임

닫아도
안 닫히는 문

　사람들이 멀쩡한 집 놔두고 호텔에 와서 자는 데엔 이유
가 있다. 대개는 집에 사람이 있어서다. 여자와 함께 밤을 보
내고 싶은데 집에는 이미 다른 여자가 있는 거다. 연인, 배우
자, 룸메이트, 혹은 부모나 자녀일 수도 있다. 어쨌거나 하룻
밤 같이 잘 사람을 집에 데리고 왔을 때 서로 얼굴 붉힐지도
모를, 그런 집에 사는 사람들이 호텔에 온다.

　혼자 편하게 살면서 부러 호텔을 찾기도 한다. 묵은 빨
랫감을 세탁기에 돌리고, 천식 유발하는 집구석에 청소기라
도 좀 밀고, 집다운 집에 연인을 초대하려면 백만 년이 걸릴

지도 모르는 사람들이 그렇다. 타인과 평화롭게 공존할 만한 쾌적한 주거 공간을 누리기엔 이 나라 국민들이 너무 바빠진 것이다.

어떤 이유로 호텔을 찾았든 우리가 파는 것은 짧게는 두어 시간, 길게는 하룻밤의 시공간이다. 청소기를 돌린 뒤 아무도 발을 들이지 않은 방바닥, 섬유유연제 향이 은은하게 밴 침대 시트와 베갯잇이 있는.

그곳에서는 바닥에 샴페인을 뿌리고 이불보에 립스틱 자국을 덕지덕지 묻혀도 저걸 어떻게 다 치우나 걱정할 필요가 없다. 구매한 시간이 지나면 뒤도 안 돌아보고 나가시라. 여기서는 그래도 된다.

내 돈 주고 결제를 한 이상, 그곳은 살인이나 강도가 일어나지 않는 한 아무도 침범할 수 없다. 지엄한 자본주의의 법도에 따르는 신성한 공간인 셈이다. 집에 있는 줄 알았던 남편이 갑자기 밀어닥치거나, 퇴실도 안 했는데 청소팀이 벌컥 방문을 열고 들어오면 고객들은 얼마나 환장할 것인가. 상상만 해도 끔찍하다. 그러므로 호텔은 자본주의적 신성불가침을 팔아야 한다. 그래야 마땅했다. 예컨대 잠그면 잠기는 문 같은 것 말이다.

닫아도 안 닫히는 문

요즘 호텔은 객실 문손잡이에 잠금장치가 따로 없다. 요즘 호텔과는 거리가 멀다 싶은 이 호텔도 그렇다, 믿기지 않겠지만. 닫으면 그냥 잠긴다. 하도 객실에서 문의 전화가 많이 와서 아예 객실 문손잡이마다 바로 옆에 써붙여 두었다. 저희 호텔 객실 문은 '안전 도어'입니다. 닫으면 밖에서 절대로 열리지 않으니 안심하고 편안한 밤 보내십시오. 감사합니다.

그러나 이 나라의 국어 교육이 실패한 것인지 아니면 불신주의가 팽배한 탓인지, 사람들은 입실하자마자 문을 수차례 열었다가 닫는다.

몇 번 열고 닫는지 프런트 직원들은 다 안다. 감시 카메라를 보는 게 아니다. IT 강국 대한민국에서는 호텔 프런트의 메인 컴퓨터에서 출입문 개폐 신호음이 띵동띵동 울린다. 누가 언제 들고나는지, 차를 빼줘야 할지 말아야 할지, 손님이 이미 퇴실했는데 직원이 혹 놓치진 않았는지 계속 체크해야 하기 때문이다. 이 호텔의 1층 컴퓨터에서도 그런 게 울린다, 믿기지 않겠지만.

의심 많은 사람들이 열었다닫았다열었다닫았다를 수십 번 반복하면 프런트는 띵동띵동띵동띵동– 수십 번 울려대는

벨소리로 정신이 없다. 그러면 친절한 직원인 나는 굳이 객실로 전화를 건다.

손님, 저희 호텔 객실 문은 안전 도어이기 때문에 닫기만 해도 즉시 잠깁니다. 아무도 못 열어요.

이렇게 쓸데없이 친절을 베풀 때마다 옆에 있던 지배인은 코웃음을 쳤다.

아, 그냥 내비둬어. 본인이 몇 번 닫아보면 알겠지.

나는 근성 있는 캐셔였으므로 지배인의 핀잔에도 꿋꿋이 친절했는데, 어느 날 지배인이 정색을 하고 말했다.

나주임, 방금 그 방은 닫아도 안 잠겨요. 이 호텔에 닫아도 안 잠기는 방 몇 개 있다고. 아니, 고치긴 왜 고쳐. 반년 뒤에 계약 만료돼서 주인 바뀌는데에! 나주임, 우리 그냥 조용히 좀 살면 안 될까? 아, 진짜.

그랬다. 이 낡은 호텔은 서서히 무너지는 중이었으므로, 객실마다 문턱이 점차 내려앉고 있었다. 손잡이와 걸쇠 구멍이 아귀가 맞지 않으니 잠가도 잠기지 않는 방이 하나둘 늘어났다. 노련한 직원들은 그런 방을 맨 마지막에 팔았다.

새벽에 술이 떡이 돼서 들어오는 사람들, 너무 취해버려 들락날락 편의점 같은 델 갔다 올 정신도 없는 사람들, 문을

닫아도 안 닫히는 문

열고 닫을 힘조차 남아 있지 않은 사람들, 그런 사람들한테 팔란 말이야. 알겠어요? 이런 걸 누가 가르쳐줄 거야아, 나니깐 가르쳐주는 거지이.

지배인이 전수해준 요령이었다.

어느 날 새벽 한 남녀가 술에 잔뜩 절어서 들어왔을 때, 나는 지배인에게 배운 대로 문제의 그 방을 팔았다. 뿌듯했다. 호텔로서 효용 가치가 없는 저런 방을 나도 드디어 팔 줄 안다, 하하하.

그런데 두 사람이 객실로 올라가고 10분도 지나지 않아 프런트 전화벨이 울렸다.

저기요, 문이 안 닫히는데요. 불안해서 못 자겠으니 방 바꿔줘요.

나는 친절한 캐셔의 목소리로 노련하게 응대했다.

손님, 저희 호텔 객실 문은 안전 도어이기 때문에,

그러자 짜증이 덕지덕지 묻어나는 목소리로 남자가 버럭 소리를 질렀다.

안 잠기는 건 둘째 치고 문이 닫히질 않는다고요! 호텔이 뭐가 이래! 엉!

황당했다. 이 스러져가는 호텔에 이제 급기야 '닫아도 안 닫히는' 문이 생기고 있음을 확인하는 역사적인 순간이었다. 이런 거지같은 호텔을, 이런 블랙홀 같은 수렁 속으로 끌어들인 박사장을, 그리고 순순히 걸어 들어온 나 자신을 수없이 저주했다. 다행히 바로 옆이 청소된 새 방이었다. 바꿔줄 객실 열쇠를 들고 총알같이 뛰어갔다.

이 첫새벽에 문짝을 쾅쾅 여닫고 있겠지. 옆방 손님들 다 깨울 기세로, 분노의 활화산을 내뿜고 있겠지. 이럴 땐 무조건 굽신거려야 내가 산다.

심호흡을 하며 엘리베이터에서 뛰어나온 순간, 알몸에 가운만 걸친 것이 분명한 남자가 닫힌 문 앞에 서 있었다. 심지어 맨발이다. 이 초라한 남자는 5분 전에 전화해서 삿대질하던 그 기세등등한 고객님이 아니었다. 가운 앞섶을 꼭꼭 여미며 그는 쭈뼛거렸다.

분명히 문이 안 닫혔거든요. 그래서 '이게 왜 안 닫히지?' 하면서 제가 밖으로 나와서 문을 닫았거든요. 그런데 닫으니깐 잠기네요. 하하하, 안전 도어 맞네요. 하하하.

계면쩍은 웃음을 날리며 그는, 불과 몇 분 전에 제 손으로 닫아 잠가버린 문을 두드려댔다.

야, 문 열어. 자기야, 문 열어…… 자니? 자기야. 자기야!

닫아도 안 닫히는 문

방 안에 있던 자기야는 이미 곯아떨어졌는지 기척도 없었다. 나는 한숨을 쉬며 1층으로 내려가 마스터키를 갖고 돌아왔다. 맨발의 사내는 연신 죄송해요, 죄송합니다, 고개를 주억거렸고 나는 열쇠 가진 자의 위엄을 뽐내며 문을 따주었다. 너의 기고만장이 지극히 무엄하나 내 하해와 같은 아량을 베풀어 친히 들여보내 주노라.

　그러나 반쯤 헐벗은 사내를 방에 넣고 문을 닫는 순간, 나는 다리가 풀려버렸다. 사실은 안 닫히는 문이었다. 안에서는 아무리 문고리를 잡아당겨도 잠금쇠가 맞물리지 않는데, 밖에서 꾹 눌러 닫으면 그대로 잠겨버리는, 희한한 문짝의 시대가 도래한 것이다.

　그리고 나는 이 사실을 교대조에게 말해주지 않고 퇴근했다. 똑같이 당해봐야 박사장에게 보고를 할 거고, 그래야 그 배라묵을 문짝을 뜯을 것이 아닌가 말이다. 알고도 안 고치면 이 나쁜 자본가 새끼들, 우리 남한사회주의노동자당이 집권하는 그날 느이 종간나들을 인민재판에 회부하갔어.

닫아도 안 닫히는 문

지배인의
교수법

내가 몇 번을 말해애, 지금 문짝이 문제가 아니라니깐.

나주임, 돈 많아요? 많으면 이런 데서 일할 리가 없지. 피식. 이 호텔 주인은 무지하게 돈 많은 사람이거든? 하지만 아무리 돈이 많아도 쌩돈 들여서 문짝 고쳐줄 일 없어. 이 썩어빠진 호텔을 뭣하러 고치니, 고치길. 손 털고 나가도 모자랄 판에. 올해 안에 다른 사람한테 건물 넘기고 빠질 거야, 아마.

박사장이 주인 아니냐고? 세상에, 이 호텔 오너가 누군지도 몰랐어? 허허어, 이 땁땁한 냥반을 보았나. 그저께 BMW 타고 와서 커피 마시고 간 아저씨 있잖아, 왜. 그 사람이 주인이라고. 박사장은 그냥 월급사장이야. 바지사장이라고. 당신 데려오면서 그 얘긴 안 하던가 보네? 까놓고 말해서 사장은 무슨 사장이야. 총괄지배인, 뭐 그런 거지. 이 바닥에 워낙 오래 계셨던 분이라 어르신 대접해드리는 거야, 그냥.

우리 뭔 얘기 하다가 여기까지 왔냐. 응, 그래. 문짝. 건물주가 문짝 고쳐주는 일 따윈 절대 일어나지 않아. 쩌번에 가르쳐준 대로 202호랑 705호는 그냥 새벽에 팔아. 술꾼들한테.

오늘 우리의 학습 목표는 객실 키홀더 살리는 법이야. 길주임아, 퇴근하지 말고 잠깐 프런트 좀 보고 있어라. 나주임은 날 따라오도록.

자, 손님들이 객실에 딱 들어왔어. 들어오면 뭐부터 해야겠니. 요기 객실 벽에 키홀더, 요기에다가 키를 꽂지, 그치? 한번 꽂아봐. 딸깍, 하는 소리 들리니? 키를 꽂으면서 뚜껑 안쪽에 있는 작은 핀 두 개가 눌리는 소리거든. 이게 눌려야 천장 조명이랑 TV, 에어컨이랑 다 켜진다고.

근데 이 핀이 자주 빠져. 왜긴 왜야, 하도 오래돼서 헐거워진 거지. 쌔걸루 다 갈아주면 안 되냐고? 허허어, 너 내 말을 뭘루 듣니. 반년 뒤에 우리 여기서 철수한다고오. 쌩돈을

지배인의 교수법

왜 들이니이! 쫌! 쓸데없는 소리 말고 수업에 집중하세요. 자, 이 전원 핀이 빠지면 어떻게 될까. 방에 불이 안 들어오겠지? 에어컨도 안 켜지고. 졸라 덥고 짜증나겠지? 그럼 프런트로 전화해서 우리한테 막 지랄하겠지. 대개는 나나 차대리가 올라와서 고쳐줄 거야. 원래 남자 직원들이 해야 하는 업무니까. 근데 차대리가 주차하러 나가고 없다든지, 내가 잠시 눈 붙이러 휴게실에 들어갔다든지 하면 어떻게 해야 되겠어요? 그렇지이! 나주임이 고치러 올라가야 되는 거예요.

근무 시간에 왜 자러 가냐고? 왜요, 박사장한테 일러바칠려고? 흥. 이르든가 말든가. 자리에 계셔주시면 안 되겠냐고? 내가 어떻게 계속 니 옆에만 붙어 있니이. 나주임 니가 애새끼 셋 딸린 가장의 고충에 대해 뭘 아니. 느이들은 퇴근하면 잘 수 있지? 나는 못 자아. 계속 여행사 일정 잡고 영업 뛰고, 집안일 보고. 내가 삶이 참 고달퍼. 나 요즘 자꾸 코피 나. 이해해줄 거지? 자, 그럼 키홀더 수리법을 배워보도록 하자.

방에 불이 안 켜져요, 하고 손님이 전화를 하지? 그러면 처음 듣는다는 듯 의아해하면서 일단 제가 직접 올라가서 보겠습니다, 하고 공손히 대답해. 여기서부터 잘 봐. 드라이버로 요거, 요거요거, 나사 두 개를 풀어. 뚜껑을 까 봐. 자, 핀이 없지? 핀이 어디루 갔겠니. 만유인력의 법칙에 따라 바닥으로 떨어졌겠지? 이제 핀을 찾는 거야. 방에 불이 안 들어오니까 어둡지. 잘 안 보이지? 그러니까 키홀더 고치러 올라올 땐 드라이버와 함께 반드시 핸드폰을 지참해야 하는 거야. 쉽지?

조오기 떨어져 있네. 주워서 끼우는 거야. 자, 끼워보세요.

나주임 뭐 하냐아.

아, 잘 좀 끼워봐아.

이게 손님 앞에서 시전하기엔 모냥새가 많이 빠지잖아. 절대 허둥거리거나 당황하면 안 돼. 어머, 이게 왜 이러지? 하면서 말야. 이런 적이 한 번도 없었는데 참 희한한 일이네요? 이렇게 천연덕스럽게 말야. 그리고 최대한 신속하게 작업을 끝내는 거야. 안 그럼 또 방 바꿔달라고 지랄한다아.

하아, 동영상은 왜 찍니이. 집에 가서 복습하게? 이 양반 진짜. 이봐요, 나주임. 바보가 아닌 이상 한번 해보면 다 알아. 손에 익는다고. 이 호텔에서 일하다 보면 키홀더 뜯을 일이 한두 번이 아니야. 걱정하지 마, 다음 달쯤 되면 나주임은 객실 전원 관리의 베테랑이 되어 있을 거야.

키홀더까지는 당신들이 고칠 수 있는데 문제는 컨트롤 박스가 맛이 갔을 때야. 방마다 하나씩 있는 건데, 벽 안쪽에 매립돼 있어. 늬들은 못 찾아. 열어 보면은 전선이 수십 줄 엉켜 있어. 그중에 하나라도 단선이 되면 TV가 안 켜지거나, 벽면 콘센트가 전부 먹통이 되거나, 화장실 환풍기가 멈추지. 그리고 이 컨트롤박스는 하루에 한 개씩 고장이 나고 있지. 하하하. 신나지?

그럴 땐 날 불러. 아무나 고치는 게 아냐. 이 호텔에서 나말고는 그거 손볼 수 있는 사람이 없어. 차대리도 컨트롤박스는 못 고쳐. 차대리랑 근무조 걸리면 어뜩하냐고? 그럴 땐 그냥 방 바꿔주고 내가 출근할 때까지 그 방은 팔지 마.

컨트롤박스를 보여달라니. 그걸 당신이 왜 보니이! 니가 보면 아니? 하아, 박사장은 도대체 어디서 이런 앨 데려왔지?

너의 달란트를
사장에게 알리지 말라

객실 키홀더가 말썽을 부릴 때마다 나는 얼굴이 하얗게 질렸다. 마음씨 착한 손님들은 옆에서 핸드폰 조명을 켜서 컴컴한 방 안을 비췄고, 심지어 바닥을 훑으며 나랑 같이 핀을 찾기도 했다. 돈 주고 호텔 왔으면서 이게 뭐 하는 짓입니까, 고객님.

이 호텔에서 벌어지는 모든 황당한 사건 사고 앞에서 '어머, 이런 일이 없었는데 왜 이러지?' 능청을 부릴 만큼 영악해지려면 시간이 필요했다. 기실 나는 포커페이스와는 영 거리가 멀어서 슬픔도 기쁨도 당황스러움도 얼굴에 낱낱이 드러났다. 그래서 어느 날 조회 시간에 지배인이 이렇게 말했을 때 씨익, 나도 모르게 입꼬리가 올라갔다. 그게 사달이었다.

외출한다는 손님 있으면 무조건 키 받어 놔. 객실 키 하나라도 분실하는 날에는 느이들도 집에 못 가. 지금 남아 있는 스페어 키까지 동나버리면 진짜루 이 호텔 문짝 다 뜯어내고 싹 갈아야 돼. 어쭈……, 웃어? 나주임, 왜 반색을 하구 그르지? 왜, 문짝 다 갈아야 된다니깐 좋아? 객실 키 다아 없어졌으면 좋겠지? 솔직히 말해 봐. 딱 걸렸어, 너. 요주의 인물이야.

내 머리 위로 말풍선이 둥둥 떠다니기라도 하는 걸까. 지배인은 실실 웃으며 내 얼굴을 계속해서 읽었다.

일부러 키 부러뜨리구 막, 갖다 버리구 잃어버렸다 구라 치구 막, 그르구 싶지. 그치.

지배인의 얄궂은 잔소리가 조회 내내 이어질 기세였다. 그때 사장실 문이 열렸다. 박사장이 고개를 빼꼼 내밀고 물었다.

조회 끝났니? 명이 잠깐 들어올래?

박사장의 머리가 문 뒤로 사라지자마자 지배인은 이죽거렸다.

역시 박사장 라인이야, 나주임. 빽이 든든해서 나주임은 좋겠다?

쏟아지는 잔소리를 피해 사장실로 얼른 들어갔다. 박사장은 돋보기를 쓰고 심각한 얼굴로 모니터에 코를 박고 있었다. 내가 들어가자 돋보기 너머로 눈을 치켜뜨며 박사장이 물었다.

명이 너 엑셀 할 줄 알지? 나중에 점심 먹고 나서 나랑 엑셀 문서 하나 만들자. 아이고오, 맨날 애들만 시켜먹다가 내가 직접 할려니 눈알 빠지겠다야. 다 늙어서 이게 무슨 개고생이냐. 나가서 일 봐아.

얼떨결에 예, 하고 나왔지만 사실 나는 컴맹이었다. 워드프로세서 말고는 다룰 줄 아는 프로그램이 하나도 없다. 어떡하지. 나의 이직은 여기서 끝나는 것인가.

프런트 컴퓨터로 돌아와서 엑셀 창을 열었다. 표 하나 직접 만들어보면 대강 감이 잡히지 않을까? 매출 정산표 종이를 펼쳐들고 똑같이 만들어보기로 했다. 그런데.

가만. 줄 바꾸기가 왜 안 되는 거지? 이건 한 칸에 두 줄 들어 있는데. 엔터. 왜 줄이 안 바뀌지. 엔터. 엔터. 왜 안 되는 거지.

너의 달란트를 사장에게 알리지 말라

인터넷 검색 창을 열었다. 지식인이 친절하게 대답해줬다. 아하. 알트 키를 누른 상태에서 엔터 키를 치면 되는구나.

이건 셀 크기가 두 배인데. 셀 크기는 어떻게 늘리지. 커져라. 커지라고. 우이씨, 왜 안 땡겨지지.

다시 인터넷 검색 창을 열었다. 하지만 셀 크기 늘리는 법 따윈 네이버도 가르쳐주지 않았다. 세상 사람들은 이 배라묵을 물건을 어떻게 쓰면서 사는 것인가. 이런 씨앙.

이런 상황에서 함수나 복잡한 수식을 입력하는 건 언감생심, 꿈도 못 꿀 일이다. 한글인데 읽어도 무슨 말인지 도무지 알 수가 없다. 한참 머리를 쥐어뜯다가 다시 사장실로 들어갔다. 그리고 실토했다.

아저씨, 저 사실은 엑셀 할 줄 몰라요. 지금 인터넷 찾아보면서 벼락치기로 공부하고 있는데요, 문서를 만들 수준은 안 돼요. 그 대신 사장님, 제가 워드는 엄청 빨리 쳐요. 분당 500타 쳐요.

박사장은 딱하다는 듯 혀를 찼다.

아이고 이놈아. 모르면 모른다고 얘길 하지, 왜 그랬냐. 괜히 오전 내내 마음 졸였겠구나. 그러지 마라. 앞으론 모르는 건 그냥 모른다고 하면 된다.

며칠 뒤, 월급날이었다. 박사장이 프런트팀을 모두 사무실로 불러들였다. 이 호텔은 월급을 직원들 통장으로 이체하지 않고 봉투에 현금으로 직접 전달하는 오랜 전통이 있었다. 박사장에게는 한 달에 한 번 사장 노릇을 할 기회이고, 호텔 입장에서는 은행 거래장부에 흔적을 남기지 않는 효과적인 탈세의 방편이다.

월급봉투를 나눠주는 은혜로운 시간이 끝난 뒤 박사장이 물었다.

여기 혹시 파워포인트 만들 줄 아는 사람 있니?

정적이 흘렀다. 아무도 손을 들지 않았다.

차대리야, 너 할 줄 알지? 할 수 있잖아, 인마.

파워, 뭐라고 하셨죠? 아니요. 안 해봤는데요.

그러면 길주임아. 넌 엑셀 잘하지? 자격증도 있든만.

오래돼서 다 까먹었는데요. 하낫두 기억 안 나요.

명이야, 으음…… 넌 뭐 할 줄 아니?

한글97이요. 저 500타 쳐요, 사장님.

응, 그래.

어딘지 모르게 짠해 보이는 박사장을 뒤로하고 사람들은 프런트로 돌아왔다. 그런데 길주임과 차대리가 묘하게 웃

너의 달란트를 사장에게 알리지 말라

고 있었다. 공범자들만이 주고받을 수 있는 음모론적인 웃음
이다. 그게 무엇을 뜻하는지는 나중에 깨달았다.

길주임은 훗날 엑셀 파일로 매출 일일보고서의 기본 포
맷을 만들어낸, 함수의 달인이었다. 하루 영업 실적에 따라
프런트 직원들에게 지급되는 인센티브를 계산하고, 카드 매
출액을 정산하고, 총매출액에서 인센티브와 카드 매출액을
제외한 나머지 현금 수입을 검산하기까지. 드림초콜릿호텔
의 매출 일일보고서는 캐셔들의 수명을 뚝뚝 떨어뜨렸는데
그 거지같은 정산 공식을 하나하나 함수로 입력해서 엑셀 파
일로 만들고 저작권 없이 공유한 것이다. 그리하여 아라비아
숫자만 쓸 줄 알면 누구나 매출 정산이 가능한, 실로 위대한
업적을 남기고 그녀는 홀연히 사라졌다. 그녀는 엑셀 종결자
인 동시에 나의 은인이었다.

파워포인트가 뭐죠, 파워레인저의 전투력 레벨인가요?
해맑은 얼굴로 묻던 차대리 역시 마찬가지였다.

그는 대학 다닐 때 건축 디자인을 전공했다. 차대리 말에
따르면 그 학과는 파워포인트를 모르면 졸업이 아예 불가능
했다. 졸업 작품을 발표하려면 파워포인트는 필수 과목이라
는 것이다.

엑셀 달인, 파워포인트 종결자임에도 불구하고 그 빛나는 재주를 갑에게 숨기는 까닭은 무엇인가. 당연하다. 사장이 그걸 알게 되는 순간부터 인생이 고달파지기 때문이다.

　　순진하게도 영문과 졸업자임을 실토한 나는 비번인 날에도 외국인 투숙객의 통역을 떠맡고 있지 않은가. 길주임 역시 같은 처지였는데 그녀는 중국어 실력을 숨기지 못했다. 길주임은 조선족이었다.

　　건축 디자인을 공부한 차대리는 파워포인트 말고도 손재주가 많았다. 각종 자재를 썰고 자르고 붙이는 데 능했고, 그는 자신이 가진 눈부신 재주를 활용하는 기발한 방법을 찾아냈다. 물론 사장 모르게.

　　드림초콜릿호텔에서 쓰는 객실 키는 몇 년 전에 단종되었다. 공장에서 그 모델을 더 이상 생산하지 않는다는 사실 때문에 직원들은 날이 갈수록 몸과 마음이 고단해졌다. 의외로 심각한 문제들이 연쇄적으로 터지기 시작한 것이다.

　　한번은 손님들이 술 먹고 키를 창문 밖으로 던져버린, 별 미친, 날이 있었다. 차대리는 그 정신 나간 인사들에게 있는 대로 신경질을 부리고 키 값으로 삼만 원을 받아냈다. 그러고는 조회 시간에 이 사실을 자랑스럽게 보고했는데 뜻밖에 지배인은 길길이 날뛰었다.

1102호? 너 지금 1102호라고 그랬냐? 야! 그 새끼들이 창밖으로 던졌다는 그 키가 마지막 남은 스페어 키였다고!

호텔에 초비상이 걸렸다. 열쇠가 없어서 방을 못 파는, 있을 수 없는 일이 벌어진 것이다. 사실 나는 이해가 잘 가지 않았다. 총 60객실 중에 하나 비워둔다고 해서 그게 뭐 그리 대수인가 싶었지만 그게 아니었다.

낮에 대실 두 번 돌리고! 엉! 밤에 숙박까지 팔면! 그 방 하나로만 하루에 이십만 원을 버는데! 엉! 매출 이십만 원을 열쇠 하나 때문에 날리는 거라고!

지배인의 히스테리는 극에 달했다. 사장실에 들어가서 이 사태를 보고했을 때 박사장은 이렇게 물었다. 심각한 얼굴로.

1102호에서 창문으로 던졌다고? 그러면 보자아⋯⋯. 지금 서쪽 지붕 위에 있지 않을까?

이 말에는 지배인도 아무 대꾸를 하지 않았다. 그는 속으로 이렇게 뇌까렸을 것이다. 이런 시발, 지금 나더러 지붕에 기어 올라가서 열쇠 찾아오라는 거야, 뭐야.

장고의 시간을 보낸 끝에 박사장이 내린 해법은 의외로 단순했다. 그리고 사악했다.

1102호는, 어, 그냥 마스터키를 내줘. 어쩔 수 없잖아.

우와아아. 대박. 우리는 모두 경악했다.

손님한테 마스터키를 내주다니요. 그걸루 이 방 저 방 다 열고 다니면은 뒷감당 어뜩하시게요.

당황한 차대리가 더듬거리며 묻자 박사장은 대수롭잖게 응수했다.

지들은 그게 마스터키인지 객실 키인지 모를 거 아냐.

1102호 소동으로 혼찌검이 난 다음부터 객실 키의 몸값이 점점 오르기 시작했다. 며칠 전에는 술 먹고 새벽에 들어온 중년 남성이 자기 방도 못 찾고 층층마다 좀비처럼 돌아다녔다. 그러다가 객실 키도 잃어버리고 한 시간 넘게 복도를 배회하던 그는 키 값만 물고 쫓겨났다. 이 사람은 오만 원을 뜯겼다.

오만 원. 손바닥 반만 한 플라스틱 카드, 두께가 3mm도 안 되는 얄팍한 플라스틱 쪼가리의 가격은 이제 오만 원으로 뛰었다. 단종된 물건의 가격이란 원래 희소성의 원칙을 따르

너의 달란트를 사장에게 알리지 말라

는 법이다. 부르는 게 값이었다. 그러나 키 값만 받아낸다고 만사형통일 리 없다. 째깍째깍, 종말의 순간이 점점 다가오고 있었다.

마스터키를 내주는 객실이 하나둘 늘어나면 어떤 재앙이 벌어지겠는가? 이 호텔이 온갖 흉악 범죄의 온상이 되는 건 시간문제였다. 이제 프런트 직원들은 집단적으로 객실 키 노이로제에 걸렸다.

손님! 지금 어디 가세요?

편의점 가는데요.

그럼 객실 키는 프런트에 맡겨주세요.

아니, 금방 다녀올 거예요, 금방 와요.

그래도 갖고 나가시면 안 됩니다. 객실 키는 저희가 맡아 드릴게요. 제발요.

우리는 채권추심자처럼 집요하게 객실 키를 받아냈다. 모두가 한마음 한뜻으로 객실 키, 객실 키, 객실 키의 안존과 무사귀환에 목을 매는 상황이 되자 차대리는 벌컥 짜증이 났다.

에이, 시발. 드러워서 더 이상 못 참겠어. 그냥 내가 만들게. 별것도 아닌데 직접 만들어서 쓰면 될 거 아냐.

화들짝 놀라서 그게 어떻게 가능하냐고 묻는 캐셔들에게 그는 귀엣말을 했다.

나, 디자인 전공자야.

그는 객실 키를 꼼꼼히 만져보고, 휘어도 보고, 두께를 재고, 경도를 어림잡았다. 그러고는 엇비슷한 두께에 고만고만한 재질의 플라스틱 보드를 인터넷으로 샀다. 자기 돈으로. 이틀 뒤 물건이 도착하자 그는 객실 키와 똑같은 크기로 보드를 자르고, 객실 키처럼 모서리를 동글동글하게 다듬었다. 톱질하다가 삐져나온 부분은 사포로 매끈하게 문질렀다. 마지막으로 걸쇠에 걸려야 하는 구멍들을 그린 뒤에 송곳으로 뚫고, 갈고, 다듬었다.

이 모든 섬세한 공정은 지배인과 사장이 자리를 비울 때만 몰래몰래 진행된다. 갑들이 이 사실을 알게 되는 날이면 차대리는 열쇠공으로 전락할 게 뻔하기 때문이다. 지배인 온다, 온다온다. 박사장 차 들어왔어, 숨겨, 숨겨! 뭐 이러면서 차대리는 오늘도 방망이 깎는 노인처럼 묵묵히 키를 만들고 있는 중이다.

민주경찰
민경위

난 그 호텔 싫어요.

여기 지구대 사람들도 다 그래요. 왠지 모를 기분 나쁜 예감이 스멀거려서 그 앞을 지날 때면 괜히 몸서리를 칩니다. 간판이야 버젓이 '호텔'이라고 달아놨지만, 이 동네 장사하시는 분들은 다 아 모텔이라고 부릅니다.

한번은 그 호텔에 자살 사이트 회원들이 들어갔다는 제보가 접수된 적이 있었습니다. 제보자가 객실 호수까지 정확하게 찝어줬어요. 신고가 들어오면 당연히 출동을 하지요. 근데 거기 직원들이 아주 웃기는 양반들입니다. 객실 문을 절대 못 열어주겠다는 거예요. 더 어이가 없는 건, 그 긴박한 상황에서 각서를 디밀어요. 문제가 발생하면 경찰이 모든 피해를 보상하라고. 그때부터 우리 지구대에 암묵적인 공감대가 형성됐습니다. 저 새끼들은 다 또라이라고.

알고 봤더니 구청에도 단단히 찍혔더군요. 분리수거라는 개념이 아예 없어요. 구청 감시단에 적발된 게 한두 번이 아니래요. 하도 발뺌을 하니까 그 자리에서 쓰레기봉투를 다 끌러서 바닥에 펼쳐준다고. 근데 플라스틱 생수병이며 먹다 남은 치킨이며 눈앞에서 흔들고 을러도 뻔뻔하게 버틴단 말이죠.

거기 객실 청소하는 사람들 중에 조선족 남자가 하나 있습니다. 190cm 장신에 자못 무시무시한 아우라를 풍깁니다. 한번은 그 아저씨가 구청 직원들한테 대걸레 들고 휘두르며 난동을 부려서 신고가 들어왔어요. 우리 지구대에서 출동해 가까스로 뜯어말렸습니다.

아주 피곤한 사람들이에요. 그날 구청에서 벌금 이백만 원 때렸어요. 괘씸죄라니요, 아니 당연한 거 아닙니까? 미세 플라스틱 때문에 전 지구적으로 얼마나 심각한 환경 재앙이 벌어지고 있는데. 하여튼 개념 없는 사람들이에요.

민주경찰 민경위

어이, 거기! 뭘 잘했다고 비죽거리고 있어? 빨리 이름이랑 주민번호 쓰라고, 이 새끼야!

쟤는 아까 그 호텔에서 잡아온 새낍니다. 아주 개새끼예요, 제가 여자라서가 아니고요, 여자 패는 새끼들은 지옥불에 플라스틱이랑 같이 불태워버려야 해요. 아니, 내세까지 갈 것도 없어, 넌 이 새끼야, 죽을 때까지 미세플라스틱 먹고 죽은 생선만 먹어, 이 발암물질 같은 새끼야.

원래 토요일 새벽에 미친놈들이 제일 많이 출몰합니다. 특히 이곳 용산역전은 더해요. 단체로 모처에 모여 파티라도 벌이는 게 아닌가 싶을 때가 한두 번이 아닙니다. 거리에 쓰러져 자는 취객들 깨워서 집에 보내고, 음주운전 단속하다가 머리끄덩이 잡히고, 그래서 토요일 새벽은 여경들이 가장 기피하는 근무 시간대이기도 합니다. 거의 밤새도록 순찰을 돌거든요.

오늘도 마찬가지였습니다. 여느 토요일처럼 순찰을 돌다가 4시쯤 이경장이랑 먼저 들어와서 책상에 널브러져 있었죠.

그때 전화가 울렸어요. 그 호텔 투숙객이었습니다. 옆방에서 여자 비명 소리가 계속해서 들린다는 겁니다. 저러다 사람 하나 죽어 나가겠구나 싶어서 잠을 잘 수가 없대요. 제일 가까운 지구대를 인터넷에서 검색해 직접 전화를 걸었다는 그 여자분의 목소리는 무척 다급했습니다.

처음에 전화를 받은 건 이경장이었습니다. 책상 위에 올린 다리를 까딱거리며, 핫식스를 홀짝이면서 심드렁하게 대꾸하는 게 신경이 쓰였습니다.

선생님, 먼저 프런트로 전화해서 상황을 확인해보시지 그러셨어요? 비명 소리가 확실합니까? 거기가 호텔이라고 하셨잖아요, 그게 그러니까 구타를 당할 때 나는 소릴 수도 있지마는 다시 자세히 들어보시면은 희열이나 만족감에서 나오는 뭐 그런 소리일 수도,

수화기를 확 낚아챘습니다.

어딥니까, 거기가. 드림초콜릿, 족발집 거리에 초콜릿 모양의 건물 말씀이시죠. 202호요. 선생님은 203호 계시고요. 알겠습니다. 아, 신고자의 신원은 보장됩니다. 걱정 안 하셔도 됩니다. 많이 무서우시죠? 안심하십시오, 지금 바로 출동하겠습니다.

휴게실에서 자고 있던 박경사를 깨우고 순찰차에 시동

민주경찰 민경위

을 걸었습니다. 이경장 목덜미도 끌고 나왔습니다. 용감한 시민의 신고에 그따위로 응대한 것에 대해선 뒤통수 몇 대 더 갈기다 관뒀습니다. 일단 사람부터 살리고 봐야 하니까요.

호텔에 도착하자마자 박경사와 이경장은 2층으로 먼저 올려보내고 저는 프런트에 앉아 있는 캐셔한테 달려갔습니다. 객실에 여자가 감금되어 폭행을 당하고 있다고 얘기하고 객실 키를 달라고 했죠. 그런데 이런 미친, 키는 안 내주고 다른 사람한테 전화를 거는 겁니다.

애꿎은 시간만 계속 날리고 있었습니다. 데이트폭력은 말입니다. 조속한 대처가 관건입니다. 단시간 내에 현장을 덮치고 사태를 수습해야 피해를 최소화할 수 있어요. 자칫 피의자가 흉기를 휘둘렀다간 강력 범죄로 비화할 수도 있단 말입니다.

캐셔가 수화기를 들고, 다른 직원과 통화하면서 사태를 설명하고, 수화기를 내려놓고, 객실 키를 꺼내드는 동안 입 안이 바짝바짝 타들어갔습니다.

욕이 튀어나오려는 걸 꾹 참고 빨리 키를 달라고 사정을 했습니다. 하지만 저는 키를 만져보지도 못했어요. 경찰한테

는 못 주겠고 자신이 직접 열겠다는 겁니다. 욕이 튀어나올 뻔했지만 상황이 상황이니만큼 참을 수밖에 없었습니다.

함께 계단을 뛰어 올라가는데 멀리서부터 여자의 울음 소리가 희미하게 들려왔습니다. 박경사와 이경장은 방 안에 있는 남자와 한참 실랑이를 하고 있었고요.

그런데 아무리 설득하고 을러도 남자는 아무 일 없으니 빨리 꺼지라고 이죽거리기만 하는 겁니다. 네, 지금 저기 앉 아서 조서 쓰고 있는 저 개새끼가요.

당장 문을 열고 여자분 상태를 확인해야 하는 상황이었 습니다. 그래서 호텔 직원에게 문을 열라고 했지요. 그런데 직원이 키를 꽂고 몇 번 손잡이를 흔들어보더니 갑자기, 문이 안 열린다고 하는 겁니다. 머리통이 폭발할 것 같았습니다.

당신이 지금 무슨 짓을 하고 있는 건지 아느냐고, 이건 공무집행방해라고 으름장을 놓아도 겁을 줘도 소용이 없었 어요. 문이 원래 잘 안 열리고 객실 키로도 안 열리고 마스터 키로 열 줄 아는 사람도 두 명밖에 없고, 뭐 이런 말 같지도 않 은 소릴 주절대고 있었습니다.

직원이 문손잡이를 붙잡고 낑낑대는 사이 저는 우선 방 안의 여자분을 안심시켜야겠다고 판단했습니다. 여자분, 침착하셔야 합니다! 저희가 곧 구출해드리겠습니다! 남자분, 지금 남자분이 하시는 행동은 형사처벌을 받을 수도 있는 심각한 범죄라는 것을 인지하셔야 합니다!

문손잡이가 철컥철컥 움직이고 문짝이 덜컹덜컹 흔들리니까 저 새끼도 그제야 상황 파악이 됐나 봐요. 그냥 제가 열게요, 손잡이 놔보세요, 그러더란 말입니다. 그래서 저도 직원에게 열쇠를 빼고 손잡이를 놓으라고 했습니다. 그런데 이번에는 저 새끼가 문이 안 열린다고 우는소리를 하는 겁니다.

저는 눈앞이 아득해졌습니다. 혹시 프런트 직원과 저 새끼 둘 사이에 모종의 거래가 있었던 게 아닐까. 두 사람이 공모한 강력 범죄일지도 모른다는 생각이 번뜩 들자 모골이 송연했습니다. 둘 다 콩밥 먹고 싶어 환장했느냐고 복도가 떠나가도록 소릴 질렀습니다.

그때 방 안에 있던 여자가 "살려주세요!" 하고 외쳤고, 우리는 모두 합심하여 객실 문을 힘차게 걷어찼습니다. 한참 그렇게 발로 차고 주먹으로 두드리니 마법같이 객실 문이 열렸습니다. 우리의 끈질긴 설득과 노력 끝에 남자가 생각을 고쳐먹은 것이었습니다.

저는 침대 옆에 웅크려 있던 여자한테 가장 먼저 달려갔습니다. 머리는 산발인 채로 얼굴부터 발끝까지 시퍼렇게 멍이 들어 있었습니다. 특히 머리와 팔다리에 출혈이 심했습니다. 전형적인 방어흔이었습니다. 가해자로부터 분리시키는 것이 우선이었으므로 여자를 모포로 감싸서 데리고 나왔습니다.

경찰이 객실 안으로 밀어닥치자 남자는 거세게 저항했습니다. 그러나 박경사와 이경장이 부상의 위험을 무릅쓰고 용감하게 돌진해 침대에 밀어붙이고 수갑을 채웠습니다. 문제의 여직원에게는 이 호텔을 상습 우범지역으로 간주하고 차후 엄중히 문책하겠다고 경고한 뒤에 철수했습니다.

저희는 이렇게 하여 피해자를 신속히 대피시키고 데이트폭력 가해자 김모 씨(24세, 대학생)를 현행범으로 검거할 수 있었습니다. 앞으로도 용산 제3지구대는 시민의 곁에서 시민의 안전과 행복을 최우선으로 지키며 시민의 치안을 책임지도록 할 것입니다. 똑바로 앉아, 이 새끼야!

사람이
있었다

나는 경찰이 싫다.

진보정당 당직자로 밥 먹고 살다 나오면 그렇게 된다. 용산 재개발지구에서, 강남의 삼성 본사 앞에서, 자살한 노조원의 장례식장 앞에서 경찰과 실랑이를 해본 빨갱이들의 눈에는 경찰이 민중의 지팡이로만 보이지 않는다. 용산의 썩어가는 호텔 프런트에서 저들은 제법 정의롭고 당당하지만 대한민국 모든 영토에서 늘 저렇지는 않다.

더 정확히 말하면 이 나라 공권력을 믿지 않는다. 쓰레기 분리수거 단속을 하러 나온 구청 직원들도 그랬다. 연변 삼촌과 시비가 붙었을 때 삼촌이 조선족이라는 약점을 꼬투리 잡았고, 덮어놓고 불법체류자인지 의심하며 관계 부서에 신고하려 든 것이다. 박사장이 쫓아나와서 신원을 확인시켜줄 때까지 삼촌은 짐승처럼 날뛰었다. 평소에 말수가 적고 하회탈같이 웃기만 하던 삼촌이 그렇게 돌변하는 모습을 그때 처음 보았다.

이 호텔에 분리수거 개념이나 미세플라스틱 공포, 다음 세대에 대한 염치 같은 것이 결여된 것은 맞다. 그러나 시간이 지나면서 나는 납득할 수밖에 없었다. 청소팀이 객실 하나를 치우는 데 주어지는 시간은 평균 20분, 주말에는 12분 남짓이다. 그 안에 시트를 갈고 휴지통을 비우고 청소기를 돌리고 걸레질을 한 뒤 화장실과 욕실에 모든 물기를 제거하고 나와야 한다. 야식을 시켜서 처먹거나 단체팀이 다녀가면 객실은 그야말로 황폐해지는데 그런 방의 청소는 20분을 훌쩍 넘긴다. 객실 회전이 빠른 주말에 청소팀은 물 한 모금 마실 여유도 없다.

지배인이 '플라스틱 따로, 캔 따로, 음식쓰레기 따로'라는 새로운 청소 지침을 설명하던 날 연변 삼촌은 마치 광둥어 사투리로 나오는 뉴스를 듣는 듯 멍한 얼굴로 서 있었다.

나는 이 호텔에서 분리수거에 대한 미련을 처음부터 버렸다. 그런데 어느 날 호텔로 날아든 벌금 이백만 원짜리 고지서가 이 호텔에 분리수거라는 아름다운 버르장머리를 만들어주었다. 처음에는 청소팀이 죄다 파업을 할 줄, 아니 짐 싸서 그냥 집에 갈 줄 알았다. 다행히 청소팀은 파업도 귀향도 하지 않았다.

다만 테이블 밑에서 콘돔이 나오거나 립스틱 묻은 시트를 갈지 않아 손님들한테 욕먹는 일이 잦아졌을 뿐이다. 나는 더욱 맹렬하게 공권력을 증오하게 되었다.

경찰은 구청보다 더 싫다. 경찰의 삽질 때문에 호텔이 발칵 뒤집어진 게 한두 번이 아니다. 한번은 성매매 신고가 접수됐다며 경찰이 출동한 적이 있다. 객실 키를 뺏어 든 경찰은 문을 활짝 열어젖혔다. 그 방에는 반도의 평범한 불륜 커플이 있었다.

그다음부터는 객실 키를 안 내줬다. 그랬더니 경찰은 당당하게 객실 문을 뜯고 들어갔다. 이번에는 반도의 평범한 대학생 커플이었다. 아닌 밤중에 홍두깨를 맞은 손님들은 길길이 용천을 했고 경찰은 객쩍은 사과만 하고 돌아갔다. 문짝 값은 안 물고 그냥 갔다.

사람이 있었다

이렇게 몇 번 엿을 먹은 다음부터 이 호텔의 생존을 사수하기 위한 방침이 하나 만들어졌다. 경찰이 와서 뭔 지랄을 하더라도 객실 문을 함부로 따주지 말라는 것이었다. 지배인은 틈날 때마다 경찰 출동 시 캐셔의 대응지침을 숙지시켰다.

입소문 더럽게 돌면 단골 다 떨어져 나간다아. 손님도 손님이지만 문짝은 또 뭔 죄냐. 이 호텔의 가여운 문짝들에게 우리 더 이상 고통을 주지 말자고. 문틀까지 다 부서질 판이여.

그날 새벽도 평소와 다르지 않았다. 어서 빨리 해가 뜨기를 기다리며 나는 시계만 쳐다보고 있었다. 핫식스를 두 개째 들이부으며 내가 정말 불면증 환자가 맞는가, 왜 이 호텔에만 오면 졸음이 마귀같이 달겨드는가 심각하게 자문하고 있을 때였다.

갑자기 출입문이 벌컥 열리고 남자 경찰 두 사람이 쏜살같이 계단으로 날아갔다. 뒤이어 뛰어든 여자 경찰은 감금폭행 사건이 터졌다며 다급한 목소리로 객실 키를 내놓으라고 재촉했다. 왜 하필, 어째서 오늘이란 말인가. 이 호텔의 경찰대응지침을 직접 수행해야 할 날이 오고야 말았다. 하필, 나 혼자 있는데, 이 첫새벽에.

지배인이 알려준 대로 나는 일단 차대리한테 전화를 걸어서 이 사실을 알렸다. 그러나 잠결에 내 설명을 쭉 듣던 차대리는 이렇게 웅얼거렸다.

아, 몰라몰라. 여자가 처맞고 있다는데 뭐 어뜩해요. 그냥 걔들이 하자는 대로 해요. 뚝-.

당혹스러웠다. 차대리가 뛰쳐나와서 '내 목을 쳐도 키는 못 내주겠소' 뭐 이렇게 경찰에 맞서 객실 키를 사수할 줄 알았지만 그런 일은 일어나지 않았다.

이제부터 모든 판단은 오로지 내 몫이다. 침착하자, 침착해야 한다. 수없이 되뇌며 그 방이 몇 호실이냐고 물었다. 짐짓 사무적이고 프로페셔널하게 들릴 만큼 또박또박하게. 그러나 '202호'라는 대답을 듣자마자 나는 다시 얼어붙었다. 이 무슨 전생에 나라 두 번 팔아먹은 자의 불행인가.

그 방 문짝은 객실 키가 안 먹히다 못해 급기야 마스터키를 꽂아도 애를 먹는, 이 호텔 최악의 문짝이었다.

앞으로 닥쳐올 시련을 가늠하지 못한 채 일단 객실 키와 마스터키를 둘 다 챙겨서 2층으로 뛰어 올라갔다. 경찰은 객실 문을 사이에 두고 피의자와 대치하고 있었다. 문 안쪽에서 여자의 울음소리가 새어나오는 것을 듣고서야 비로소 나

사람이 있었다

는 얼굴이 하얗게 질렸다. 실제 상황이었다. 경찰들은 미처 몰랐겠지만 그건 비상사태였다. 그들이 생각하는 것 이상으로 심각했다. 202호 문을 한번에 돌려서 열 수 있는 사람은 호텔을 통틀어 조선족 아저씨와 지배인밖에 없다. 그런데 조선족 아저씨도 지배인도 비번이라서 지금 이 건물 안에 없다.

내가 쩔쩔매는 사이에 여자가 죽을 수도 있다는 데까지 생각이 미치자 나는 머릿속이 하얘졌다. 경찰은 빨리 문을 열라며 등 뒤에서 무섭게 몰아붙였다. 그럴수록 열쇠는 헛돌았다.

시간이 흐르면서 안에서도 남자가 마지못해 저항을 멈추었다. 그는 마음을 고쳐먹고 문을 열려고 했다. 그러나 애초 그의 의지는 중요치 않았다.

남자가 당황하는 게 문밖에서도 느껴졌다. 안에서 문고리를 잡고 씨름하던 그가 애타게 소리쳤다.

무, 문이 안 열려요, 이거 왜 안 열려요? 열어주세요! 갇힌 것 같아요!

손님(이 시발새끼야), 저도 빨리 열어드리고 싶습니다.

뭣들 하는 거요! 빨리 안 열고! 공무집행방해죄가 어쩌고저쩌고,

그 와중에 방 안에서 여자의 자지러지는 울음소리가 새어나왔다. 경찰관들은 눈이 뒤집혔다. 급기야 객실 문을 마구 걷어차기 시작했다. 이 모든 게 1980년대 슬랩스틱 코미디의 한 장면 같았다. 해법은 오로지 하나, 초짜 캐셔의 손끝에 달려 있었다. 침착해야 한다, 나는 다시 한 번 심호흡을 했다.

　싸늘하다. 뒤통수에 비수가 다발로 날아와 꽂힌다. 하지만 걱정하지 마라. 내 손은 이 문짝을 열어본 적이 있다. 두 번. 시발……. 눈을 감고 손끝의 감각에 집중했다. 조선족 아저씨가 일전에 가르쳐줬던 요령을 머릿속으로 복기했다.

　오른쪽으로 살짝 비틀듯이 돌리는 기야, 앙이지, 문짝을 위로 살짝 들어올리는 느낌으로, 기렇지, 기렇지.

　찰칵. 걸렸다. 문틀에서 걸쇠가 움직이는 금속음이 들렸다. 떨리는 손으로 손잡이를 돌렸다. 끼이익, 문짝이 열렸다.

　다음 순간 경찰들이 객실로 우르르 뛰어들었다. 남자는 문짝과 씨름하다 나가떨어져 이미 탈진해 있었다. 경찰들은 문이 열리자마자 남자를 질질 끌고 침대로 가서 패대기치더니 두 팔을 뒤로 꺾어 수갑을 채웠다. 미란다원칙을 고지하고, 데이트폭력 및 감금 혐의로 남자를 검거하는, 극적인 순간이었다.

방바닥에 나뒹구는 머리카락 한 타래를 들어 올리며 경찰은 남자를 준열히 꾸짖었다.

이게, 이게이게 아무 짓도 안한 거예요? 엉?

여자를 모포로 감싸 안고, 수갑 찬 남자를 우악스럽게 끌고 나가면서 경찰들은 내 얼굴을 구멍이 나도록 노려봤다.

그 와중에 전활 걸어요? 키 빨리 내놓으라는데? 살인이라도 났으면 어쩔 뻔했어요? 두고 봅시다, 앞으로 뭔 일 터지면 여기부터 수색 돌 거니까.

썰물처럼 사람들이 빠져나간 자리, 정적이 흐르는 방 한가운데 한참 멍하니 서 있었다.

어느 순간 다리가 탁 풀렸다. 객실 바닥에 스르르 주저앉았다. 번들거리는 바닥이 낯설었다. 스프레이가 잔뜩 뿌려져 미끈거렸다.

객실 비품들은 온통 어지럽게 널려 있었다. 모기약 스프레이는 침대 머리맡에 나뒹굴었고, 로션 병은 침대 아래 떨어져 박살이 났다. 그리고 한 움큼 쥐어뜯긴 기다란 머리카락. 흠칫, 소름이 돋았다. 진저리를 치며 벌떡 일어섰다.

새벽에 그 손님들을 받았던 차대리가 조회 시간에 말했다.

남자는 취해 있었구요, 여자가 부축해서 들어왔어요. 근데 여자가 자기 카드로 결제를 하던데요.

그 말을 하는 차대리의 표정이 묘해서 순간 입꼬리를 확 뜯어버리고 싶었다.

폭탄이 터지고 삼백 명쯤 전사했다는 비보를 전하는 무장의 비장한 어조로, 이게 다 나의 불찰이라는 죄지은 얼굴로 지배인에게 자초지종을 보고했을 때 그는 이렇게 물었다.

그래서, 그 여자 죽었대?

아니요.

경찰은 뭐래.

두고 보재요.

옘병하네. 그래서 뭐, 나중에 다시 들른대?

그런 얘긴 없었어요.

근데 뭐. 어쩌라고. 아무도 안 죽었고, 경찰도 별말 없고, 부서진 비품이야 새로 채워 넣으면 되고. 그럼 된 거지. 퇴근해라, 수고했다.

예.

가방을 챙겨서 호텔을 나섰다. 집으로 가는 지하철을 타고 문이 닫히는 순간, 갑자기 눈물이 후드득 떨어졌다. 가슴

  사람이 있었다

에서 뭔가 툭 끊어지는 소리가 났다. 살풍경하던 그 방의 전경이 머릿속에서 뱅글뱅글 맴돌았다.

남자는 손에 잡히는 대로 로션 병을, 스프레이를, 온갖 물건들을 집어던졌을 것이다. 어느 순간 여자는 이러다가 정말 죽을지도 모른다는 공포에 휩싸였을 것이다. 아마도 여자는 탈출을 여러 번 시도했을 것이다. 남자의 손찌검을 가까스로 벗어나 문 앞에 다다랐을 때 여자는 자기의 남은 생을 걸고 손잡이를 돌렸을 것이다. 그런데 무슨 연유에선지, 당신들은 결코 상상도 하지 못할 이유로, 문은 꿈쩍도 하지 않았을 것이다. 남자는 문 앞에서 버둥거리는 여자의 긴 머리카락을 잡아채 다시 방바닥에 내동댕이쳤을 것이다.

아무도 안 죽었으니까 아무 일도 없었던 셈이라니. 수고했다니. 그 방에 사람이 갇혀 있었다고. 사람이 맞아 죽었을 수도 있었다고, 이 개새끼들아.

Ⅱ.
이제는 잘 자요

502호 키
주세요

새벽 5시를 넘어 이제 곧 동이 틀 무렵이었다. 여자애 둘이 싸구려 향수와 담뱃진 냄새를 풀풀 풍기며 들어왔다.

502호 키 주세요.

짧게 내뱉었지만 마치 하이쿠처럼 한 줄에 많은 것을 함축하고 있다.

초저녁에 방 잡아놓고 클럽 가서 지금껏 신나게 놀다가 이제 지친 몸을 이끌고 눈 좀 붙이러 들어왔으니 너는 어서 키를 내놓아라. 그들의 자연스러운 연기는 지난밤 긴긴 이야기를 담아내기에 부족함이 없었다. 완벽했다. 그러나 프런트의 상황은 달랐다. 그 신들린 연기를 받쳐주기에는 무대 세팅이 한참 모자랐다.

몇 호라고요?

나는 되물었다. 토요일 새벽 만실이라 키 박스는 거의 텅텅 비었고 502호도 마찬가지였다. 손님이 이미 방에 들어갔으며 열쇠는 그 방 키홀더에 얌전히 꽂혀 객실 전체에 전원을 공급하고 있다는 뜻이다. 메인 컴퓨터 화면으로 들어가서 재차 확인했다. 502호는 밤 9시에 손님이 입실한 뒤로 한 번도 문이 열리지 않았다.

502호 키 달라고요.

그 방은 손님이 계십니다.

그러자 빨간 머리가 눈도 깜빡이지 않고 다시 말했다.

아, 602호였나? 아까 내가 키 맡기고 외출했는데,

이런 황당한 녀석들을 보았나. 6층과 7층은 금요일부터 2박3일째 중국인 단체 관광객들이 통째로 차지하고 있었다.

602호는 중국인 관광객 팀입니다. 어제부터 쭉.

아 몰라, 여튼 끝자리가 2였다고요.

다시 키 박스를 눈으로 훑어내렸다. 1302호부터 202호까지, 끝자리가 2번인 객실들 역시 열쇠가 하나도 없다.

2번 라인 객실들은 모두 손님이 계십니다.

로비에 들어설 때부터 엑스트라처럼 빨간 머리 옆에 달라붙어 있던 노란 머리가 당황하기 시작했다. 그녀는 빨간 머리의 허리를 쿡, 찔렀다.

야, 너 다른 호텔이랑 헷갈린 거 아냐?

넌 가만히 있어, 여기 맞아. 남자 직원한테 물어보세요. 11시인가 12시쯤에 분명히 제가 프런트에 키 맡기고 외출했다고요.

이 시대의 새로운 무전취식, 아니 무전취침범인가. 한두 달 전이었으면 어리바리하게 서 있다가 꼼짝없이 당했을 판이다. 스르르, 홀린 듯 이 배우들의 손에 키를 쥐여줬을 것이다. 아니다. 이 녀석들이 여기 온 게 오늘 처음이 아닐지도 모른다. 귓불에서부터 소름이 오소소 돋아났다.

침착해야 한다. 두 번 다시 이 호텔에 발도 들이지 못하도록 노련하게 대처해야 한다. 한 30년쯤 여기서 돈 받고 키만 주면서 살았던 캐셔처럼. 광대를 타고 이마까지 번져나가는 닭살을 그들이 보지 못하기를 바라며, 베테랑 캐셔는 차분하게 응수했다. 그리고 베테랑들은 '사물존대법'을 능숙하게 구사하지.

502호 키 주세요

11시부터 12시까지는 저 혼자 있었습니다. 남자 직원은 자리를 비웠고요. 그리고 그 시간에 여자 두 분이 체크인하거나 외출하신 객실은 없으십니다. 지금 손님이 안 계신 방은 세 개 있으신데, 모두 남자 한 분에 여자 한 분이 계시다가 체크아웃하고 나가셨습니다. 세 팀 모두 분명히 체크아웃을 하고 나가셨구요. 키 맡기고 외출하신 객실은 없으십니다.

가까스로 정신을 수습하기 시작하면서 뒤늦게 그들의 몰골이 눈에 들어왔다. 화장을 어설프게 했지만 그마저도 여기저기 번졌다. 화장이 안 지워졌더라도 앳된 얼굴들이다, 영락없이 집 나온 10대다. 해태 눈이 아니고서야 빤히 보인다.

대세는 이미 기울었다. 그런데도 빨간 머리는 마알간 얼굴로 천연덕스럽게 거짓말을 계속 이어나갔다.

맞아요, 들어갈 땐 남자랑 들어갔어요. 대머리에 양복 입은 아저씨였는데,

그러면 문제가 더 심각한데요. 미성년자 아니신가요? 신분증 잠시 확인해도 되겠습니까?

빨간 머리의 얼굴이 순간 머리처럼 빨갛게 물들었다. 그것도 잠시, 재빠르게 안색이 돌아온 빨간 머리는 노란 머리 쪽으로 15도쯤 고개를 꺾으며 최후의 대사를 뇌까렸다.

야, 나가자. 재수 없어. 시발.

어이가 없었다. 이것들아, 나는 더 재수 없었다고. 정산
끝내고 늘어지게 자려고 했더니. 꼭두새벽부터 이게 무슨 홍
두깨란 말인가. 만일 빨간 머리가 지난밤 12시에 퇴실한 대
머리 중년 남성과 같이 왔던 '조건만남녀'라면, 그리고 생일
지난 열아홉 살이 아니라면, 심지어 지난번 데이트폭력 사태
이후로 호시탐탐 벼르고 있는 용산3지구대가 때마침 순찰이
라도 돌고 있었다면 나는 꼼짝없이 철창행이었을 거라고.

그날 아침에도 지배인은 두 눈 부릅뜨고 한 사람 한 사람
아이컨택을 하면서 겁을 줬다. 이제 법이 바뀌었어. 미성년
자를 입실시키면 업주뿐만 아니라 프런트 직원까지 처벌을
받아. 본인 신상에 빨간 줄 남아도 좋아? 엉? 돈 좀 벌려고 왔
다가 졸지에 전과자 되는 수가 있다고!

이튿날 출근하는 길이었다. 호텔 바로 옆 블록에 순찰차
가 삐뽀삐뽀 시끄러운 소릴 내며 달려왔다. 웅성거리는 사람
들 사이로 지배인도 보였다. 심각한 얼굴로 여관 주인과 얘
기를 나누고 있다가 나와 눈이 마주치자 지배인이 잰걸음으
로 다가왔다.

502호 키 주세요

야, 여기서 회사원 하나랑 10대 여자애 둘이 동반자살 했단다. 일단 가 있어. 조회 때 가서 얘기해줄게.

호텔에서 불과 100m도 떨어지지 않은 곳이었다. 아마도 인터넷 자살사이트에서 만났을 그들은 연탄불을 피우고 수면제를 술과 함께 털어 넣었다.

그 녀석들은 아니었을 것이다. 그렇게 허무하게 죽어버리기엔 고놈들은 너무 되바라졌다. 그날 아침 지배인은 또 한 번 눈을 부릅뜨고 엄포를 놨다.

쪼끔만 수상해도 무조건 신분증들 확인하라고. 호텔도 영업정지 먹고 당신들도 전과자 되는 수 있어!

빨간 머리의 맹랑한 목소리가 다시 떠올랐다.

502호 키 주세요.

다음번에 또 502호 키를 달라며 아침 6시에 찾아오면 대실 요금만 받고 일반실을 내줘야지. 전날 오후 5시에 들어온 것처럼 장부를 약간만 조작하면 된다고. 단, 경찰에 잡혀갈 짓은 안 한다는 전제하에.

동반자살 같은 건 꿈도 꾸지 말어. 살아 있다면 부도수표 같은 희망이나마 부여잡을 수 있을 테니까. 나도 그리고 당신들도.

영업정지보다
무서운

호텔은 자살하기에 좋은 곳입니다.

집에서 죽기란 쉽지 않아요. 내 오늘이야말로 콱 죽어버리겠노라, 독하게 마음을 먹었더라도 집에서는 여러 가지 장애물에 걸리기 마련입니다.

생을 '마감'한다거나 '이쯤에서 삶을 갈무리하겠다'는 우회적인 표현을 문자 그대로 받아들이는 사람들이 특히 그렇습니다. 귀신 나오기 딱 좋은 지저분한 집구석을 그대로 두고서 생을 마감하겠다니. 말이 안 된다는 거죠. 생의 마지막 순간 그들은 갈 때 가더라도 정리를 좀 해놓고 죽어야겠다는 모종의 정리 강박에 사로잡힙니다. 생전에 그다지 깔끔한 축에 속하지 않았던 내 친구들 가운데 여러 놈이 청소를 하면서 자살 충동에서 빠져나왔다고 증언했어요. 청소를 해본 사람은 알 겁니다, 더러워진 집구석을 대강 치우고 내 노동에 의해 생활환경이 개선되는, 그 즉자적인 효과만으로도 '다시 뭔가 시작할 수 있을 것 같다'는 희망을 품게 되지요. 그래서 나는 자살을 예방하는 가장 손쉬운 방법은 청소라고 믿고 있으며 지금도 아침마다 충실히 이행하고 있습니다.

그러나 세상은 그렇게 호락호락하지 않습니다. 청소 따위로 도저히 해결되지 않는 깊은 절망감에 빠진 사람들이 훨씬 많아요. 그런 분들에게는 집에 가서 PC를 정리해볼 것을 권합니다. 야동을 즐겨 보았던 가장이라면 내 다람쥐 같은 새끼들이 고사리 같은 손으로 재생 버튼을 누를지도 모르는 야동을 싸그리 지워야 합니다. 실연당한 자들은 생의 끝까지 찌질했음을 증명하는 마지막 편지나 일기 따위를 지우고, 박사 학위 소지자들은 석사 논문을, 석사들은 졸업 논문을 지워야 해요. 뿐인가요, 사실 곰곰이 따져보면 눈에 보이는 더러운 집구석보다 컴퓨터와 인터넷 가상공간에 치워야 할 쓰레기가 훨씬 많다는 사실을 알게 될 것입니다.

남 보기 부끄러운 데이터를 차근차근 지워가다 보면 바탕화면에 깔아놓은 가족사진도 새삼 다시 보게 됩니다. 그다지 나쁘지 않았던 보고서나 쓰다 만 소설 초고 파일도 발견할지 모릅니다. 물론 그런 것들의 수준이 너무 처참해서 '역시 나는 더 이상 살 가치가 없는 놈이야!' 하고 절망의 수렁에 빠져 죽음을 더 앞당길 수도 있어요. 다만 일본의 어느 바닷가에 '잠깐! 하드디스크는 지우고 오셨나요?'라고 쓰인 표지판이 세워진 뒤로 그곳에서 투신하는 사람들이 부쩍 줄어들었다고 하니 확률적으로 아주 터무니없는 소리는 아닐 거예요.

　　무엇보다도 사람이 머무른 공간에는 그와 삶을 함께해온 사람들이 흔적을 남기게 마련입니다. 성령으로 잉태한 뒤 무인도에 뚝 떨어져서 혼자 밥 끓여 먹고 살아온 사람이 아니고서야.

　　방구석을 치우든 하드디스크를 지우든, 생을 '마감'하기 위해서 뭔가를 '갈무리'하다가 마음을 고쳐먹은 사람들에게는 한 가지 공통점이 있어요.

　　내가 죽은 다음. 그다음을 비로소 상상하는 겁니다.

　　나는 혼자가 아니었음을, 여기서 죽어 나자빠져 있으면 달려와 그 꼴을 보고 몸부림칠 사람들이 있음을, 심지어 그

영업정지보다 무서운

사람들이 내 선택의 결과를 수습하고 정리해야 한다는 불편한 진실을, 하나씩 하나씩 깨달아갑니다.

그것을 깨닫지 못할 만큼 극도로 고립된 사람들이 집에서 자살하는 데 기어이 성공하고 말지요. 저 숱한 장애물을 이겨내고서. 하지만 나는 그런 사람들 가운데 상당수는 실수로 죽었을 거라고 믿어요. 섬처럼 홀로 갇힌 채로. 죽음의 요새가 되어버린 집에서 혼자 자해의 수단과 강도를 점점 높이다가. 마지막 숨이 넘어가는 순간 그 누구의 도움도 받지 못해서. 혼자 버둥거리며 죽었을 거라고. 사실은, 마음속 깊은 곳에서는 진짜로 죽고 싶었던 게 아닐 거라고. 그들도 살고 싶었을 거라고. 그랬지 않냐고, 멱살을 흔들며 묻고 싶지만 죽은 자들은 말이 없습니다.

사랑하는 사람이 내 시체를, 그 처참한 광경을 목도할까 염려하는 갸륵한 마음이 모든 자살 시도자들의 마음을 돌려세운다면 세상은 참으로 아름다울 거예요. 그러나 절망이란 그리 호락호락하지 않습니다. 그래서 사람들은 나가서 죽어요.

죽기 위해서 신발 신고 집을 나온 사람들이야말로 가장 위험합니다. 벼랑 끝이나 아파트 옥상, 바로 옆으로 시퍼런 강물이나 바다가 유유히 흐르는 다리 같은 곳. 거기에는 정리해야 할 지저분한 방구석도, 야동이나 석사 논문이 저장된 PC도, 눈에 자꾸 밟히는 가족사진도 없습니다.

그중에서도 호텔은 자살하기에 최적의 공간이에요.

슬리퍼가 가지런히 놓인 깨끗한 방에 들어서면 마치 첫눈을 밟는 듯 뽀득, 소리가 날 것만 같죠. 보송보송한 시트에 머리카락 한 올 없는 베개를 베고서, 익숙한 것이라고는 눈 닦고 찾아봐도 없는 이 낯선 공간에 누워 천장을 바라보고 죽는 겁니다.

마치 다음 순간에 새로운 삶이 시작될 것만 같아요. 난 이제 새롭게 태어나는 거야, 뭐 그런 착각마저 들 수도 있어요. 모텔이나 여관에 가면 위생 상태나 인테리어는 좀 불만스럽겠지만 더 저렴한 가격에 죽을 수 있어요.

무엇보다도 아들 밥 챙겨주려고 어머니가 현관문 열고 들어오다가 기함하는, 비극적인 상황을 초래하지 않아요. 그것이 호텔이나 모텔, 여관 같은 곳에서 죽을 때의 가장 큰 장점이죠.

하지만 거기서 일하는 직원들에게 당신의 죽음은 산업재해입니다.

영업정지보다 무서운

며칠 전 인근 여관에서 10대 여자아이 둘이 30대 회사원과 동반자살을 했다는 이야기를 들었을 때 나는 겁이 더럭 났어요. 호텔이 영업정지를 먹거나 내가 전과자 되는 것이 무서운 게 아니에요.

호텔방에 널브러진 시체를 내 눈으로 목도하는 날이 오는 것. 그것이 몸서리치게 두려웠습니다. 그래서 나는 어지간하면 혼자 오는 손님은 받지 않았어요. 아, 죄송합니다만 손님, 만실이라 빈방이 없어요.

한번은 다크서클이 턱까지 내려온 젊은 남자 하나가 들어와서 방을 달라고 한 적이 있습니다. 으레 하듯 빈방이 없다며 정중하게 돌려보내려 했지요. 그런데 남자가 지친 목소리로 이렇게 말하는 겁니다.

저 이상한 사람 아니에요. 그냥 잠시 눈 좀 붙이러 온 거예요. 강 건너 여의도 방송국에서 일합니다. 내일 정오 퇴실, 맞나요? 그때까지 깨우지 말아주세요.

그는 다음날 정확히 11시 15분에 내려와서 키를 반납하고 나갔습니다. 머리꼭지에는 까치집을 얹고, 눈 밑에 다크서클을 그대로 매달고서.

만일 그가 정오를 훌쩍 넘기고도 방에서 안 나왔다고 칩시다. 처음에는 인터폰을 계속 걸어서 전화벨을 울릴 것입니다. 전화를 받지 않으면 그다음에는 객실 문을 두드려야겠지요. 그래도 기척이 없으면 나는 마스터키로 문을 열고 들어가야 합니다. 손님, 퇴실 시간이 지났습니다, 하고 조심스럽게 소리를 쳐도 아무런 대답이 없습니다. 다시 한 걸음 더 방안으로 들이밀었을 때 나는 결국 목도하게 됩니다. 침대 위에서, 혹은 욕조 안에서, 아니면 옷걸이에 목을 맨, 스스로 목숨을 끊은 자의 모습을. 어제는 살아 있었고 지금은 더 이상 숨을 쉬지 않는, 굳은 몸뚱어리.

망자의 가족도 친구도 뭣도 아닌 일개 호텔 직원에게 그 몸은 비애나 원망이 아니라 죽음의 물성(物性)으로만 다가옵니다. 원래 죽음이란 손에 잡히거나 눈에 보이는 것이 아니지요. 그런데 무형(無形)의 죽음이 생생하고 구체적인 감각으로 덤벼들 때가 있어요.

장마의 계절이 그렇죠. 한 걸음 뗄 때마다 눈을 부릅뜨고 발밑을 조심하게 만드는, 개구리와 두꺼비의 무수한 사체들. 혹은 8차선 고속도로 위에서 이리 치이고 저리 치이는 산짐승의 잔해. 그 끔찍한 로드킬의 흔적을 행여 실수로 밟기라도 했을 때 한참 동안 종아리를 타고 올라오는 섬뜩한 냉기.

영업정지보다 무서운

그런 것이 죽음의 물성입니다. 양서류도 그러할진대, 하물며 영장류의 사체는 어떻겠어요.

나는 아직도 열다섯 살에 목격한 친할머니의 몸을 똑똑히 기억하고 있습니다. 할머니가 돌아가셨을 때 나는 마지막으로 그 손을 한 번만 더 만져보고 싶었어요. 마음속 가장 깊은 곳에서부터 할머니를 연민했고 또 사랑했음을 말해주고 싶었습니다.

내 친가는 대형 교회의 장로에서부터 권사, 집사, 목사에 이르기까지 수없이 많은 교회 간부를 배출한 뼈대 있는 기독교 집안이에요. 막내아들이 오입질을 하고 다닐 때 그녀는 시름시름 앓았고, 그 아들이 머리를 깎고 출가하자 얼마 지나지 않아 숨을 거뒀습니다.

큰집에 갈 때마다 내 손을 하염없이 어루만지며 눈물만 흘리던, 그녀의 손을 나도 잡아주고 싶었습니다. 그게 내가 그녀를 위로할 유일한 방법이라고 여겼어요. 다소 낭만적인 마음가짐으로, 그렇게 염하는 방에 들어갔다가 열다섯 살 여중생은 학을 뗐습니다.

여름철 한낮이었는데도 방 안은 어두컴컴했습니다. 언제나 접어서 천장 쪽으로 들어 올려두던 들문을 꼭꼭 닫아

잠근 데다 형광등도 켜지 않았으니까요. 한여름에 한낮이었는데도 마치 그곳에만 계절이 비껴간 듯 냉기가 돌았습니다.

큰어머니는 할머니의 머리맡에 앉아 울고 있었어요. 큰어머니가 빗겨드리는 할머니의 머리카락은 채 한줌이 되지 않았고요. 눈두덩은 퀭하니, 움푹 패어 있었습니다. 사람이 죽으면 눈알이 통째로 녹아서 사라지기라도 하듯. 다행히 임종을 지키던 누군가 눈꺼풀을 감겨드렸나 봐요. 나이를 한참 드신 뒤에도 애교 살이 볼록해서 복이 많은 얼굴이라고들 하던 볼도 홀쭉하게 들어갔고, 그리고, 입술. 할머니의 입술이 놀란 사람처럼 벌어져 있었습니다. 아이고 아가, 니가 왜 이런 험한 델 들어와 있느냐, 하듯. 그건 임종을 지키는 사람이 닫아드리고 싶어도 닫아줄 수 없는 것이라고 했어요.

생명이 있다가 없어진 몸은 내 방에 책상이나 의자가 있다가 사라진 것과는 달랐습니다. 매일 저녁 6시 반이 되면 어김없이 집으로 들어오던 아버지가 어느 날 더 이상 오지 않게 된 것과도 달랐어요. 그것은 멀미를 일으켰습니다.

수십 년이 지나고 한반도에 유사 이래 처음으로 강도 5.0이 넘는 지진이 왔을 때 나는 비로소 좀 더 적실한 비유를 찾았습니다. 어느 날 갑자기 지진이 나서 기둥이나 서까래나 구

영업정지보다 무서운

들장이 갑자기 무너져 내리는 것. 천년만년 그 자리에 있을 줄 알았던 것들이 부서지고 허물어지는 것.

우리는 지진을 그리워하지는 않습니다. 상실감도 아니에요. 그것은 공포, 그중에서도 근원적인 공포였습니다.

리재를 땅에 묻던 날, 그의 누나가 갑자기 소나무 밑동을 붙잡고 구토를 한 것 역시 그런 지진 같은 멀미 때문이었을 것입니다. 땅이 흔들리고 집이 무너질 때처럼 진동을 느껴서 그랬을 거예요. 앞줄에 서서 외할머니를 부축하고 있던 누나가 황급히 나무 뒤로 달려갈 때 나도 놀라서 그녀를 뒤따라갔지만, 등을 두드려줄 수는 없었어요. 등을 두드리면 땅이, 그녀가, 그녀의 심장이 더 심하게 요동칠 것만 같았거든요.

리재의 누나는 장례식이 진행된 닷새 내내 제정신이었던 유일한 사람이에요. 부지런히 오가면서 어수선한 현장을 진두지휘했지요. 남동생이 일하던 남한사회주의노동자당에서 온 빨갱이들이 '아무것도 걱정 마시라, 우리가 다 하겠다'고 큰소릴 쳐놓고선 뒤에서 술병 끌어안고 주정만 부리자 가장 먼저 중앙당 민실장을 호출한 것도 그 누나였어요. 따박따박, 조근조근 따져 묻더군요.

어디서부터 어디까지 당에서 책임질 것이냐. 여기서부

터 여기까지는 우리가 하겠다. 지금 유족들이 너무 경황이 없다. 당에서 책임지기로 한 절차는 차질 없이 진행 바란다. 이상.

멋있더라고요. 야단을 맞으면서도 멋있다고 생각했습니다. 여장부 스타일이었어요. 아마 리재의 장례식장이 아닌 곳에서 만났다면 나는 친구 하자며 졸졸 따라다녔을지도 몰라요. 꼿꼿하기 힘든 상황이었음에도 불구하고 시종일관 꼿꼿했습니다.

그랬던 그녀도 스러질 수밖에 없었어요. 하관식은 그런 자리였습니다.

놀라고 충격받기로는 나도 마찬가지였어요. 나는 살면서 하관식이란 걸 한 번도 본 적이 없었어요. 그냥 영화나 드라마에서 보듯 관을 통째로 내리고, 묻고, 흙을 덮을 거라고만 생각했지요.

그런데 나무로 만들어진 관 속에서 리재가, 하얀 천으로 꽁꽁 감싼 리재가 나왔습니다. 눈으로 보면서도 믿기지 않았어요.

인부들이 리재의 몸을 조심조심 들어 올렸습니다. 일순간 누군가 '얼음!' 외치기라도 한 듯 공기 입자들이 움직이지

영업정지보다 무서운

않았습니다. 모든 것이 멈추었습니다. 바람 한 점 불어오지 않는 정적.

하얀 천으로 꽁꽁 감쌌지만 리재의 몸은 햇빛 아래 적나라하게 드러났습니다. 내가 기대고 만지던 그의 어깨가, 오똑한 콧날이, 화가 나면 쿵쿵 땅을 구르던 두 발과 다리가. 일주일 전에는 살아 있었고, 이제는 죽어서 하얀 천으로 꽁꽁 감싸 맨, 내가 아는 리재의 몸이 조심조심 들어 올려지고, 다시 그것이 구덩이 속으로 내려갈 때 나도 누나처럼 욕지기가 올라왔습니다.

대낮에 땅을 딛고 선 자리에서 교통사고처럼 불쑥 덤벼든 멀미.

하얀 천으로 꽁꽁 감쌌어도 그것은 생생한 죽음이었어요. 손으로 만져지는, 하지만 차마 소스라쳐 만질 엄두를 낼 수 없는 죽음. 눈에 보이지만 차마 두려워서 눈 뜨고 볼 수가 없는 죽음. 오랫동안 사랑했고 이제 두 번 다시 보지 못하게 된 리재였음에도, 나는 그 죽음의 물성이 미치도록 두려웠습니다.

열다섯 살에 할머니의 죽은 몸을 보았을 때는 3년 넘도

록 헛것에 시달렸어요. 밤에는 불을 끄고 자지 못했고요. 머리를 감을 때에도 눈을 감을 수가 없었어요. 샴푸 거품이 너무 따가워 눈을 감으면 욕실은 갑자기 염하는 방이 되었어요. 머리 위로 죽음이 무너져내릴 것만 같아 나는 머리를 감다 말고 아이같이 울었습니다.

타자의 죽음을 해석하는 일정한 회로가 있습니다. 누구나 갖고 있어요. 죽음의 영역이지만 죽음에 대한 주석만 달지 않습니다. 삶과 죽음은 샴쌍둥이처럼 등을 붙인 한 몸이라서 그렇습니다. 건강한 사람은 타자의 죽음을 받아들이고, 곰삭여서, 무심하게 반복되는 일상으로 돌아가서도 삶의 태세를 놓치지 않아요. N분의 일의 죽음을 인정하고 N분의 일의 삶을 또 살아가는 것이지요. 무심하게, 이 갈리게.

그 회로가 고장 났거나 혹은 닫혀 있음을 알게 되고 나서, 나는 장례식장에 가지 않았어요. 누군가의 부음이 들려올 때마다 애써 귀를 닫았습니다.

거리를 두고, 마음을 빼앗기지 않으려고 노력했지요. 막장 같은 블랙홀 속으로 빨려들지 않기 위해서 무심해지는 쪽을 택했습니다. 또다시 그 천재지변 같은 진동에 흔들리지 않기 위해서 결계처럼 쳐놓은 안전장치였어요.

그런데 리재의 죽음은 그 결계를 무너뜨렸습니다. 리재는 죽어서도 내 곁을 떠나지 않고 서성거립니다. 나는 죽음에 대해 더 이상 거리를 두지 못합니다. 무심해지지 않아요.

그 와중에 이 빌어먹을 호텔은 시시각각 지진 경보를 울리며 나를 위협하고 있어요. 연탄을 피우고 수면제를 삼키고 죽은 시체를 내 눈으로 직접 보게 되는 날, 나는 그 강진을 견뎌낼 수 있을까요. 나는 자신이 없습니다.

박사장은 틈만 나면 사무실로 나를 부릅니다.

요즘은 괜찮아? 니가 혹시 또 안 좋아질까 봐 내가 사실 걱정이 말이 아니다아.

나는 괜찮지 않다고, 니가 최저임금을 안 줘서 굉장히 괜찮지 않다고 대답하고 싶었지만. 벚꽃축제 기간의 토요일에 차 키를 세 개나 놓친 저성과 노동자가 할 말이 아니어서 또다시 삼켰습니다.

자살하지들 말아요. 잘 살아요. 호텔은 걸어서들 가고.

영업정지보다 무서운

살인자들의
도시

언젠가 TV에서 남아메리카 페루의 어느 편의점 입구를 보고 눈이 휘둥그레진 적이 있다. 그곳은 언제 어디서 총소리가 울려도 놀랍지 않은 위험한 동네였다. 워낙 위험하니까 해가 지면 편의점이든 유스호스텔이든 쇠창살 문을 굳게 닫아걸고 영업을 했다.

편의점에 물건을 사러 온 손님들은 안에 있는 점원의 얼굴에 침 한 방울도 튀길 수 없다. 유리창을 사이에 두고, 쇠창살 너머로 고개를 요리조리 기웃거리며 "샴푸 하나, 치약, 칫솔도 하나 주세요" 하고 말해야 한다. 그러면 심야의 알바생은 자다 깬 얼굴로 물건을 골라서 쇠창살 사이로 유리창을 열고 건넨다. 물론 쇠창살 사이로 돈을 받은 다음에. 부러웠다. 나는 그 쇠창살 문을 갖고 싶었다.

새벽에 프런트를 혼자 지키고 있노라면 창밖으로 동쪽 하늘을 자꾸만 쳐다보게 됐다. 어서 빨리 해가 뜨고 사위가 밝아지기를. 지금도 거리를 헤매고 있을 강력 범죄자들이 집으로 퇴근하기를 마음 졸이며 기다렸다.

식칼 든 강도가 이 호텔 안으로 뛰어들어서 "가진 돈 다 내놔!" 하고 덤빌 때 어떻게 대처할지는 애초 시뮬레이션을 끝냈다. 내 목에 칼이 들어와도 이 금고는 아니되오, 뭐 이렇게 목숨 걸고 지켜낸다고 해서 누가 감사패를 줄 것도 아니고 더군다나 손님 중 상당수는 카드를 긁는다. 많아봤자 백만 원 남짓 들어 있는 깡통 따위. 그냥 내주고 말 일이다.

식칼 든 강도도 무서운데 언젠가부터 식칼 든 묻지마 살인이 우루루 터지기 시작했다. 묻지도 따지지도 않고 그냥 찔러버린다는 저런 흉악범이 이 호텔에 들이닥치면 나는 어떡하지.

아직 한 번도 안 맞아봐서 잘 모르지만 칼이 생살을 뚫고 들어오면 정말 많이 아플 것이다. 숨도 못 쉬게 아프겠지. 일단 그 상황 자체가 숨도 못 쉬게 무서울 것이다. 나처럼 소심한 캐셔는 칼이 닿기 전에 심장마비가 올지도 모른다.

아프거나 무서운 건 그냥 참으면 되지만 문제는 돈이다. 박사장은 사람만 놓고 보자면 차암 좋은 아저씨다. 하지만 산재 보상 신청서 같은 것에 흔쾌히 사인을 해줄 만큼 경우 바른 자본가로는 보이지 않는다.

그래서 서울 한복판에서 두 번째 묻지마 살인 사건이 터진 뒤부터 나는 증거를 모으기 시작했다. 정말로 칼을 맞고도 산재 처리를 거부당하는 불우한 내일을 대비하기 위해서다.

남한사회주의노동자당의 내 동지들은 매일매일 사진을 찍으라고 했다. 내가 그날 호텔에서 근무하고 있었음을 증명할 수 있는 사진을 찍어 백업을 해두라고. 나는 사진만으로는 성에 차지 않았다. 그래서 새벽에 매출 정산을 할 때마다 카드 결산 영수증을 하나씩 더 뽑았다. 내가 여기서 캐셔로 일했다는 사실을 이보다 더 훌륭하게 증명할 자료가 어디 있겠는가.

뿐만 아니다. 보고서를 쓰고 난 뒤에 구겨서 쓰레기통에 버리던 회계 초안도 집에 가져와서 날짜별로 모았다. 다다익선, 증빙 자료는 많을수록 좋은 법이다. 그리 생각했다.

참으로 쓰잘머리 없는 짓거리였다. 칼 맞아 죽고 난 뒤에 산재 보상이 다 무슨 소용이란 말인가. 묻지마가 쳐들어왔을 때 이 호텔 프런트에 캐셔가 숨을 수 있는 안전 대피소 같은 건 없다. 카운터 뒤쪽에 작은 문이 있고 그 문을 열면 아주 좁은 창고가 하나 있긴 하다. 없는 것보다는 낫지.

그런데 이 호텔을 처음 지은 인간들은 뭔 놈의 얼어죽을 인테리어를 한답시고 철문에다 격자 문양으로 구멍을 숭숭 뚫어놓았다. 사시미와 식칼은 물론이거니와 주먹도 숭숭 들고나기에 부족함이 없는 크기다.

며칠 전에 직접 그 문을 열고 들어가서 창고 벽에 바짝 기대어 서보았다. 순간 실소가 터졌다. 이 공간은 실측 사이즈부터 문짝의 재질까지 정확하게 데이비드 코퍼필드의 인체 관통 상자를 연상케 했다. 추석 특집 마술쇼에서 관객 한 사람을 집어넣고 마술사가 칼을 여러 개 꽂던 그 상자 말이다.

내 사체를 발견한 경찰은 이 여자가 왜 굳이 인체 관통 상자에 꾸겨져 들어가서 죽음을 자초했는가 한참 번민하게 될 것이다. 심지어 차대리가 어제 아침에 거기서 형광등을 깨먹었기 때문에 만일 오늘밤 묻지마 살인자가 찾아온다면 나는 수은 중독까지 와서 더 빨리 죽을 것이다. 수은 묻힌 칼에 맞아 죽은 것만 같은데 한편으론 원한 관계로 죽은 것 같고 또 한편으로는 묻지마 살인 같기도 한, 이상한 미제 사건으로 남게 될 것이다.

쇠창살까지는 바라지도 않았다. 하다못해 그 인체 관통 상자 같은 창고에라도, 위급한 순간에 달려 들어가서 잠글 수 있는 튼튼한 문이 있어야 했다. 문밖에 살인자가 돌아다니는 위험한 세상에서 서비스 노동자가 당연히 요구할 수 있는 권리 아닌가? 하지만 그런 일은 일어나지 않을 것이다. 있는 문짝도 안 고치는 이 호텔에서 언감생심, 없던 문짝을 새로 달아줄 리가 없잖아.

도시는 위험하다. 요즘 같은 시대의 서울은 특히 그렇다. 서울에 와서 살기 시작하면서 나는 문밖에서 바글바글 돌아다니는 살인자들에 대한 경계를 한시도 늦추지 않았다.

딱 한 번, 현관문 자물쇠를 열어놓고 잔 적이 있다. 리재가 죽고 일주일이 지났을 때다.

리재의 장례식을 치른 뒤 남한사회주의노동자당에서 일하는 상근자 전원이 강제로 휴가를 받았다. 중앙당 민실장은 우리 모두를 불러 이렇게 말했다.

사무실에 나오지 마. 집에서도 일하지 마. 쉬어. 아무 생각도 하지 말고, 아니 그냥 아무것도 하지 마. 우리는 지금 일종의, 노동 현장으로 치면 집단적인 심리적 재해를 당한 상태인 거야. 그러니까, 쉬어.

나는 쉬지 못했다. 휴가가 끝나는 마지막 날까지 일주일이 넘도록 잠을 자지 못했다. 출근을 앞둔 일요일 밤, 11시쯤 되니 급기야 환각 상태에 빠졌다. 몸도 마음도 산산조각이 나서 공기 중에 둥둥 떠다니는 것 같았다. 그리고 머리가 깨어질 듯 아팠다. 다만 자고 싶었을 뿐인데 동네 신경과 의원에서는 수면제를 처방해주지 않았다. 대신 수면유도제를 받아 왔다.

잠을 자고 싶었고 또 머리가 너무 아팠으므로, 나는 처방받은 수면유도제와 집에 있던 두통약을 모두 그러모았다. 그 약들을 두 줌으로 나눠 삼키고 열네 시간 동안 잠을 잤다. 월요일 오전이 지나고 점심시간이 지나도 내가 사무실에 모습을 드러내지 않자 중앙당 동료들이 찾아왔다.

멀리서 누군가 문을 두드리고 있었다. 나는 그냥 계속 자고 싶은데, 자꾸만 내 이름을 불렀다. 자면서도 화가 났다. 그리고 자면서 기억해냈다. 나는 일요일 밤 그 알약들을 털어

살인자들의 도시

넣다 말고 현관으로 나가서 잠금 고리를 풀어놓았다는 것을. 나오지 않는 목소리를 억지로 밀어냈다.

문 열렸어. 들어와아.

모기 숨소리만 한 염불이 현관 밖까지 들릴 리 없다. 사람들은 계속해서 문을 두드렸다. 하는 수 없이 방에서 기어 나왔다. 모서리에 처박히고 바닥에 뒹굴면서 나는 다시 목을 쥐어짰다.

열려 있어어. 그냥 들어오라고오오오오.

그제야 현관문이 철컥, 소리를 내며 열렸고 과학수사대 같은 기세로 사람들이 우르르 들이닥쳤다. 나는 방금 무릎을 처박힌 식탁 모서리에 겨우 머리를 기대고 앉았다. 세 살배기 아이 잠투정하듯 자꾸만 짜증이 치밀었다. 나는 그냥 자고 싶어. 자고 싶다고. 일주일 전에 리재의 죽음을 겪고 난 뒤로 그들은 흡사 CSI 요원으로 거듭난 것 같았다. 동지들은 내 방을 이 잡듯 뒤졌다. 그리고 쓰레기통에서 흩어진 약봉지와 캡슐 껍데기들을 찾아내어 눈앞에서 흔들어댔다.

이거 다 수면유도제거든? 백 개를 처묵어 봐라, 죽나 안 죽나. 현관문은 왜 안 잠그고 열어놨대? 우리더러 시체 치우라고 열어놨냐? 엉?

나는 그냥 잠을 자고 싶었어. 잠을 자고 싶었을 뿐이야.

고장 난 녹음기처럼 그 말만 반복하다가 나는 울기 시작했다.

총장님, 나 정상이 아닌 것 같애. 병원에 좀 데려다줘. 우리 당원 중에 정신과 의사 없어? 기왕이면 빨갱이 의사 있는 데로 알아봐 줘.

마음씨 고운 동지들이었다. 욕을 바가지로 퍼붓고 싶은 심정을 가까스로 누르고 그들은 병원부터 수소문했다. 자신이 가진 인맥을 모조리 동원해 빨갱이 의사를 찾아다녔다. 딱 한 명, 남한사회주의노동자당 동작구 당원협의회에 정신과 의사가 있었다. 그런데 막상 전화를 해보니 그는 몇 해 전에 강원도에 개원을 해 서울을 떠났다고 했다.

자초지종을 들은 그 의사 당원도 빨갱이 정신과 의사를 수소문하기 시작했다. 그러나 의대 동기부터 선후배까지 모든 인맥을 탈탈 털어도 남한사회주의노동자당 당원은 없었다. 지지율 3%짜리 군소 정당의 현실이었다.

하는 수 없이 그는 생태평화녹색당 소속의 정신과 의사를 소개해줬다. 참 고마운 빨갱이 정신과 의사였다. 그는 꽤 괜찮은 정신병원의 공실 현황과 입원 절차까지 다 알아봐주었다. 환자 한 명 이송될 예정이라고 원무과에 전화까지 미리 넣어줬다. 국가인권위원회로부터 수차례 상을 받은 곳이라고 동지들을 안심시키는 것도 잊지 않았다. 입원 수속은 일사천리로 진행됐다.

지금 내가 호텔업에 종사한답시고 '호텔에서 자살하지 마! 그거 우리한텐 산재야! 산재라고!' 뭐 이렇게 흥분하는 것은 그러니까 다소 몰염치하고 뻔뻔해 보일 수도 있다. 3년 전 그날, 리재를 보내고 일주일 만에 한 번 더 송장을 치울 뻔한 내 동지들은 대관절 전생에 무슨 죄를 지었단 말인가. 그러나 어쩔 수 없다, 인생은 원래 시간차 공격이니까.

도시에서 문을 잠그지 않고 잔다는 것은 그런 의미다. 문 안에 이미 살인자가 들어와 있을 때. 그리고 송장 치우게 해서 진심으로 미안하지만 그래도 산 사람들한테 문 따는 수고라도 덜어주고 싶을 때.

그런 양심적인 자살을 하려는 경우가 아니라면 이 위험한 도시에서 문은 꼭 잠그고 자야 한다. 그러니까 문짝을 교체하라, 교체하라. 아니지. 최저임금 투쟁부터 해야 하는데, 이런 시발.

나는 미치지
않았어

한국의 영화와 드라마에는 강제 입원 장면이 너무 자주
등장한다.

"이거 놔! 놓으란 말이야!" 뭐 이렇게 활갯짓을 치고 있으
면 하얀 유니폼을 입은 근육질의 남자 간호사 두 사람이 달
려와 양옆에서 겨드랑이를 단단히 붙든다. '이거 놔'를 계속
하면서 50m쯤 끌려가면 응급차가 삐뽀삐뽀- 달려오고 환자
는 차 안으로 와락 잡혀 들어간다.

나는 내 발로 갔다. 마음씨 고운 동지들의 차에 실려서,
몸부림 한번 안 치고 얌전히 갔다. 딸이 제 발로 정신병원에

걸어 들어갔다는 연락을 받은 엄마들은 절대로 울고불고할 일이 아니다, 오히려 안도해야 마땅하다.

정말로 죽으려고 마음먹은 사람들은 병원에 가지 않는다. 계속해서 주변에 민폐를 끼치고, 양치기 소년이 되어 점점 관심 밖으로 밀려나다가, 어느 날 정말로 목숨을 잃는다. 집에 틀어박혀서 지난주에는 손목을 긋고, 이번 주에는 수면제를 털어 넣고, 다음 주에는 목을 맬지도 모르는 사람들이 진짜 응급이고 위험환자다.

그러므로 나는 입원 후 며칠이 지나도록 어색하고 애매하고 겸연쩍었다. 이건 마치, 응급차를 불러서 삐뽀삐뽀– 서둘러 이송해놨더니 병원 문 앞에서 "잠시만요, 제가 내려서 갈게요" 하고 벌떡 일어나는 것만큼 코믹한 상황이었다.

과연 나는 환자인가. 정신병원에 입원을 해야 할 만큼 위중한 상태인가. 내 룸메이트를 비롯해 다른 환자들과 비교했을 때 나는 독보적으로 멀쩡한 존재였다. 그래서 치료 시간마다 내 병명을 어서 말해보라고 주치의를 닦아세웠다. 이를테면 이런 식이다.

선생님, 저는 제가 굉장히 멀쩡한 것 같거든요. 선생님 보시기에 제가 막 정신병 걸리고 막 미친, 그런 사람으로 보이십니까? 저는 여기 있으면 안 될 것 같은데요. 저보다 더 위험한 환자들이 저 때문에 못 들어오고 있는 것 아닙니까. 저는 여기서 밥이나 축내는 나일롱 환자라고요. 지금 이 시간에도 대한민국에서 제대로 된 치료를 받지 못하고 자살하는 사람들이 하루에 무려 36.4명이라고 하는데 말입니다. 죄책감이 이만저만 큰 게 아닙니다. 물론 제가 수면유도제 열두 알 하고 편두통약 스무 알을 삼킨 것은 사실입니다만, 여기 들어온 뒤부터 진심으로 반성을 하고 있습니다. 시간이 너무 많이 남아돌아서요. 내가 그때 왜 그랬나, 매일매일 곰곰이 생각을 해보고 있단 말입니다. 제가 선생님께 제시하는 가설은 현재로선 두 가집니다. 첫째, 제가 관심종자일 가능성입니다. 관심종자가 꾀병을 부려서 막, 주변 사람들 관심을 막, 받아보고 싶었던 것이지요. 그런데 아무리 가슴에 손을 얹고 생각해봐도요, 제가 관심종자는 아닌 것 같거든요. 저는 남의 시선이 과도하게 집중되는 것을 질색하는 사람입니다. 예를 들면 제가 신호등 있는 큰 사거리 같은 델 못 나가요. 전후좌우 사방에 있는 사람들이 운전하다 말고 다 저만 쳐다보는 것 같거든요. 옛날부터 그랬지만 요즘은 모두가 저를 비난하는 것 같아요, 네년이 리재를 죽였어, 하고 손가락질하는 것

나는 미치지 않았어

같애요, 막. 아니 제가 이렇게 말하니까 정말로 미친 사람 같은데 그건 아닙니다, 사실 까놓고 말해서 정도의 차이가 있다 뿐이지 누구나 다 그런 면이 없지 않잖아요? 그렇잖습니까? 어쨌든. 첫 번째 가설을 폐기해야 한다면 두 번째 가설도 있습니다. 그날이 일요일 밤이었잖아요? 그러니까 저는 그냥 출근이 하기 싫었던 게 아닐까 싶습니다. 쭈욱, 계속 자고 싶어서 약을 먹은 것이지요. 월요병, 전문용어로는 일종의 '번아웃'이 온 것입니다. 시간이 갈수록 그쪽으로다가 확신이 점점 강해진단 말입니다. 실제로 제가 일을 좀 심하게 열심히 하는 편이긴 합니다. 가는 데마다 사람들이 그래요, 너는 심각한 워커홀릭이라고. 코피 터지게 열심히 합니다. 집에 가서도 일 생각밖에 안 해요. 말이야 바른 말이지, 노동자 정치세력화는 개뿔, 저처럼 체제 순응적인 워커홀릭들 때문에 한국 노동자들의 장시간 노동과 열악한 근로환경이 개선이 안 되는 겁니다. 저는 존재 자체가 근로기준법에 반하는 사회악이에요, 사회악. 근데 말입니다. 여기 입원하고 나서 출근을 안 하니깐요, 저 진짜로 죽을 것 같애요. 너어무 너무 좋아서. 일도 안 하지, 때 되면 밥 나오지, 잘 자라고 귀한 수면제도 주지, 아주 그냥 좋아 죽을 지경이에요. 저 여기서 죽을 때까지 살고 싶어요. 그러면 안 되나요. 안 되겠죠. 자, 이제 제 병에 진단을 한번 내려보세요. 제가 해볼까요. 저는 번아웃 증후군입니다. 그렇지요? 그렇다고 대답해주세요. 네?

주치의는 나의 과학적인 추론과 근거에 입각한 가설들을 쭉 듣고 나서 대답했다.

정신병원이 너무 좋아서, 계속 여기서 살고 싶다는 거죠? 그게 바로 나명 씨가 정상적인 성인의 멘탈리티를 벗어났다는 증거입니다. 이곳은 어머니의 자궁처럼 절대적으로 안전하고 완벽하게 퇴행적인 공간이니까요. 나명 씨 아픈 사람 맞아요. 그러니까 그냥 좀, 가만히 쉬고 계시면 안 될까요? 책 그만 읽으시고요. 여기 뭐 책 읽으러 들어왔어요? 나명 씨는 지금 병을 고치러 온 사람이라고요. 자꾸만 책 속으로 파고드는 것도 문제의 근원을 들여다보지 않으려는 회피 증상 중 하나입니다. 남한노동자, 무슨 당이라고 했죠? 그 당 사람들한테도 책 좀 작작 보내라고 하세요. 간호사들이 나명 씨 택배 나르다가 알통 나올 지경이에요. 데스크에서 불만이 이만저만 아닙니다.

"너 아픈 거 맞고 치료 받아야 되는 거 맞아"라는 말을 주치의의 입으로 듣고 나서야 나는 안도했다. 환자로서의 정체성을 받아들인 것이다. 기쁜 마음으로 룰루랄라 놀았다. 개방병동으로 옮기고 나서부터는 산책도 하고 일주일에 한 번 시내에도 나갈 수 있게 되었다. 그곳은 낙원이었다.

목놓아 울 수 있는 공간도 따로 있었다. 나는 멀쩡하게 잘 놀다가도 갑자기 눈물이 터졌다. 그럴 땐 문자 그대로 미친 사람이 된 기분이었다. 늘 탈맥락적으로, 예기치 않은 순간에 터졌다. 울음이 멈추지 않으면 안정실에 가두어달라고 간호사에게 부탁했다. 변기 하나와 침대가 덩그러니 놓인 감옥 같은 방은 혼자 울기에 좋았다. 그곳에서 짐승처럼 몸부림치다가 말간 얼굴이 되면 다시 내 발로 걸어 나왔다. 편리한 낙원이었다.

입원 직후 한 달가량 머물렀던 폐쇄병동은 다소 갑갑했다. 그곳에서는 환자들이 병동 출입문 손잡이에 손을 대는 것조차 허락되지 않았다. 그래서 입원하고 사흘이 지났을 때 나만큼 멀쩡해 보이는 사람을 발견한 순간, 나는 반가움을 숨기지 못했다.

저어…… 담배 한 대만 주실래요? 제가요, 오늘 아침에 지급받은 거를 다 피워서요, 내일 아침에 새로 받으면은 꼭 갚

을게요. 근데 아저씨도 굉장히 멀쩡해 보이시는데 뭐 하다가 오신 분이세요? 우와. 호텔 사장님이라고요? 우와아, 저 호텔리어는 첨 만나봤어요. 우와아아, 돈 받고 키만 주면 된다고요? 대-박-.

야 이
병심들아

호텔 로비에 설치된 LED 화면에서는 하루 24시간 내내 뉴스만 나왔다. 박사장은 TV조선만 보는, 뼛속까지 우익 보수주의자였다. 지배인은 손석희 형님의 대단한 팬이었으므로 저녁 8시가 되면 JTBC로 슬그머니 채널을 바꿨다. 그러다가 몇 번 지청구를 듣고 난 다음부터는 24시간 YTN을 틀었다. YTN이 지겨워지면 연합뉴스를 봤다.

그해 겨울은 국정농단 사태의 전말이 만천하에 드러났고 대한민국 초유의 탄핵심판이 연일 생중계되고 있었다. 하루는 뉴스 자막에 내내 "세월호? 어제 일도 기억 못해"가 여

야 이 병심들아

러 번 떴다가 사라졌다. 세월호 참사 당일 무엇을 했느냐는 질문에 최순실이 "어제 일도 기억 안 나는데 2년 전 일을 어떻게 기억한단 말이냐" 하고 특유의 짜증 섞인 목소리로 대답했다는 것이다. 정치와는 담쌓고 사는 줄 알았던 이 호텔 직원들 사이에서도 그녀는 공분의 대상이 됐다.

저게 사람이야? 전 국민이 그날 얼마나 땅을 치고 울었는데, 뭣이 어째?

1·4 후퇴 때 얘길 해보자는 것도 아니고, 겨우 2년 지났을 뿐인데 그게 기억이 안 난다고?

나주임이 한번 말해 봐. 2014년 4월 16일 오전에 뭐 했는지 나주임 기억나요?

지배인이 갑자기 물었다. 그 순간 박사장과 나는 거의 동시에 서로를 쳐다봤다.

저도 뭐…… 뉴스 보고 있었죠. 지배인님은요?

근무 교대하려고 인수인계 마악 하는 참이었지. 조회하다 말고 직원들 전부 벙쪘잖아. 그래도 금방 전원 구조됐다고 해서 점심 먹으러 갔지. 오보였다는 소리 듣고 저녁은 못 먹었지.

그럼 길주임님은요?

나두 직원들이랑 그 뉴스 보고 있었죠. 점심은 먹고, 저녁은 못 먹고. 담날 아침에 퇴근길 지하철 탔을 때도 기억나요. 사람들이 핸드폰에만 코를 박고 있었어요. 눈가가 벌게진 사람들이 너무 많았던 것도요.

정신병원에서 세월호 침몰 소식을 들었다고 하면 얘기가 길어질까 봐, 더 정확히 말하면 박사장이 난처해질까 봐 그냥 얼버무리고 말았지만 나 역시 그날 그 시간을 또렷이 기억한다. 개방병동 로비에서 TV를 보던 정신병자들이 일제히 웅성거렸고, 박사장은 병실 바로 앞까지 와서 다급한 목소리로 불러냈다.

명이 안에 있어요? 아주머니, 나명 환자 좀 불러주실래요? 명이야, 큰일 났다. 너 인마, 지금 처자고 있을 때가 아냐. 얼른 나와 봐.

박사장은 나를 TV 앞으로 끌고 갔다.

야야, 수학여행 가는 애들을 태운 배가 지금 가라앉고 있단다, 어쩌면 좋으냐.

옆에 있던 다른 도박중독 아저씨도 얼굴이 새파랬다. 말끝마다 해병대, 해병대, 귀신 잡는 해병대, 내가 해병대 몇 기

야 이 병신들아

인데 어쩌고, 해병대 노래를 부르던 해병대 아저씨였다. 해병대를 만기 제대하고도 바다이야기에서는 끝내 빠져나오지 못한. 늙은 수병은 한참 동안 입을 떼지 못하다가 짧게 내뱉었다.

저렇게 큰 선박은 가라앉으면 그걸로 끝인데.

국정원이 내 머리에 칩을 심었어요, 하고 (아주 멀쩡한 얼굴로!) 은밀하게 속삭이던 망상증 총각도, 그때는 입을 딱 벌린 채 TV만 보고 있었다. 소설가 지망생이라던 그 총각은 지금 어딘가에서 세월호를 침몰시킨 건 국정원이라고 떠들고 다닐는지도 모른다. 그 새끼 말이 진짜면 어뜩하지, 시발.

일군의 정신병자들이 세월호 침몰 뉴스를 보며 내남없이 비탄에 잠기던 그날의 모습을 나는 기억한다. 앞으로도 두고두고 떠오를 만큼 인상적인 장면이었다. 하지만 만일 그때 일주일만 더 폐쇄병동에 머물렀다면 나는 전혀 다른 풍경으로 2014년 4월 16일을 기억했을 것이다.

폐쇄병동에는 의사소통이 거의 불가능한 중증 환자가 대부분이었다. 자살을 시도한 요주의 환자라는 이유로 나는 한 달 가까이 그곳에서 지내야 했는데 입원한 첫날부터 룸메이트 때문에 학을 뗐다.

내 첫 번째 룸메이트는 아주 고요하게 앉아 있다가도 갑자기 허공에 대고 욕을 퍼부었다.

개새끼, 창녀하고 놀아나, 내가 모를 줄 알고, 이 개같은 새끼!

차마 지면에 옮기지 못할 만큼 살벌한 저주도 서슴지 않았다. 아마도 보이지 않는 남편을 향해 퍼붓는 것이 분명한. 저 여자가 갑자기 나한테 덤벼들면 어뜩하지. 나는 너무너무 겁이 났다. 부지불식간에 한 대 맞을 수도 있잖나. 간호사에게 달려가서 방을 바꿔달라고 사정했다. 간호사는 그녀가 조금 시끄러워서 그렇지 남을 해치는 사람은 아니라며 달랬지만, 나는 도무지 그 여자가 무서워서 견딜 수 없었다.

그러고 나서 방을 바꿨는데 내가 얼마나 어리석은 짓을 저질렀는지 그날 밤에야 깨달았다. 두 번째 룸메이트는 아예 잠을 안 잤다. 마치 소설 「오발탄」에 등장하는 할머니처럼 시도 때도 없이 "가자! 가! 가자!" 혼잣말을 했다.

하룻밤에 두 번씩 방을 바꿀 순 없는 노릇이었다. 그랬다간 간호사들이 나를 진짜 정신병자라고 생각할 테니까. 더군다나 환자들의 면면을 살펴본 결과 다른 방 사정도 별다르지 않아 보였다. 사실은 귀찮게 말 걸지 않는 것만도 감지덕지

야 이 병심들아

해야 한다, 이곳에서는. 나는 울며 겨자 먹듯 오발탄 아줌마와 한방에 남기로 했다.

새 룸메이트의 미덕은 단 하나, 나에 대해 아무것도 궁금해하지 않는다는 것뿐이었다. 소등 이후부터 그녀는 나를 미치게 했다. 폐쇄병동에 있는 내내 나는 귀마개 없이 잠을 자지 못했다. 룸메이트 아줌마의 '가자!' 소리가 괴기스럽게 울려 퍼지는 밤이면 나는 베개를 눌러쓰고 팔딱팔딱 이불을 찼다. 양을 삼천팔백 마리쯤 세다가 "가지 말고 그냥 자요, 제발" 애원도 해보았지만 아무 소용이 없었다.

나는 그분을 '오발탄 아줌마'라고 불렀지만 아줌마는 그 사실을 모른다. 배가 뒤집어지든 비행기가 추락하든 폐쇄병동 사람들 눈에는 자기 밖의 세계가 전혀 관심사가 아니었다.

오발탄 아줌마가 딱 한 번 나를 놀라게 한 적이 있다. 나는 가난한 빨갱이였으므로 아침밥을 놓치면 점심이 나올 때까지 쫄쫄 굶어야 했다. 몇 번 그렇게 낭패를 보고 나서부터는 기를 쓰고 일어났다. 먹어야 한다. 먹어야 산다. 하루는 그렇게 몸을 일으키다가 침대에 도로 엎어졌는데 오발탄 아줌마가 밥 먹으러 나가다 말고 나를 흘깃 쳐다봤다. 그러고는 소릴 질렀다.

가자! 가!

저 아줌마가 지금 나한테 말을 걸었나. 화들짝 몸을 일으켰을 때 그녀는 식당 쪽으로 총총 걸어가고 있었다. 밥도 잠시 잊은 채 나는 침대에 멍하니 앉아 있었다.

한국 사람들 중 상당수가 2014년 4월 16일 오전에 뭘 하고 있었는지를 생생하게 기억한다고 말한다. 어떤 비극은 당사자가 아닌 사람들에게조차 '나는 그날……'로 시작하는 수백만 개의 자기서사를 낳는다. 최순실이 "어제 일도 기억 못하는데 2년 전 일을 어떻게 기억하느냐"고 반문하는 모습을 보면서 나는 저 사람이 오발탄 아줌마보다 낫다고 말할 근거가 무엇인지 알 수 없었다.

오발탄 아줌마도 다른 폐쇄병동 환자들도, 다만 자기 안의 심연에 갇혔을 뿐 적어도 남한테 해코지는 하지 않았다. 욕망도 과하면 병이다. 거기에다 공감능력마저 현저하게 떨어지는 사람이라면 글자 한 줄, 말 한마디로도 듣는 이의 가슴을 찢을 수 있는 '진상'이 된다. 정신병원 바깥에서 자유롭게 돌아다니는 저 수많은 진상들의 정상성은 무엇으로 증명 가능할 것인가.

야이 병심들아

처음에는 사회면에만 떴다. 그리고 단신이었다. 군포서 승용차 중앙분리대 받아. 4중 추돌사고 잇따라, 한 명 현장에서 즉사, 세 명 중상 두 명 경상.

군포는 왜 간 거야?

강연인지 회원지 있었대.

군포가 그, 화력발전소 있는 데 아냐. 리재가 상근 시작하기 전에 있던 데가 거기 아녔어?

그랬지. 당에 오고 나서도 거기는 계속 신경을 썼으니까.

도대체 어쩌다가. 음주운전 했대?

뭐래, 리재가 어떤 놈인데. 졸았겠지. 늘상 야근이었으니까.

근데, 아까 경찰이 와서 하는 말이 좀 이상하던데.

왜. 뭐가.

현장에 브레이크 자국이 없대. 차는 멀쩡한데 말이지.

설마. 자살은 아니겠지?

어이, 거기 입조심들 안 해!

흠흠. 거기 당은 요즘 어떻게 돌아가나.

당원 수가 만 명 아래로 드디어 떨어졌다더군.

정말 이대로 그냥 망하는 건가.

야 이 병심들아

망하긴 왜 망해, 대한민국에 진보정당이 거기밖에 없나.

지랄하네. 그러믄, 더정의로운진보당이 진보냐? 개량이지.

뭐 이 새끼야! 개량? 너 일루 와, 이 개새끼가,

다들 고만해라, 좀. 장례식장에서 이게 뭔 짓들이냐.

그날 오전, 영정 앞 유족 자리는 비어 있었다. 리재의 외할머니가 쓰러졌고 누나는 응급실에 올라가 있었다. 그 빈자리 탓인가. 소곤거리던 사람들이 수군거리다가 이내 웅성거렸다. 귓바퀴를 돌아서 들어오는 말들이 천둥처럼 머릿속을 울렸다. 올가미가 되어 목을 죄어들었다. 리재는 내가 죽였다. 내가 죽였으니까. 제발 다들 좀 닥쳐주면 안 될까.

새파래진 얼굴로 잠시 바람을 쐬러 나왔다가 최영옥을 보았다. 저만치서 검은 승용차가 멈추더니 최영옥이 보좌관의 부축을 받으며 차에서 내렸다. 벌겋게 상기된 얼굴은 장례식장이 가까워질수록 창백해졌다.

이곳에서 공식적인 유가족은 리재의 누나와 외할머니뿐이다. 리재는 그녀를 엄마라고 부른 적이 없다. 계단을 한 칸씩 내려딛을 때마다 그녀의 얼굴에서 핏기가 사라졌다.

지난 지방선거 때 최영옥을 마주친 적이 있다. 리재와 나는 중앙당 동료들과 함께 퇴근길 시민들에게 당 홍보물을 나눠주고 있었다. 멀리서 요란한 유세차량 소리가 들려왔다. 민주당 시의원 후보였다. 최영옥이 지역구 후보의 지원 유세를 돌고 있었다. 리재와 눈이 마주친 최영옥은 후보자 소개를 급하게 마무리하면서 마이크를 넘겼다.

나 담배 한 대 피우고 올게.

갑자기 리재가 들고 있던 유인물 꾸러미를 내게 떠안기고 모퉁이를 휙 돌아 사라졌다. 의아한 얼굴로 물끄러미 쳐다보고 있자 민실장이 옆에서 혀를 찼다.

최영옥, 쟤 엄마야.

나는 민실장의 얼굴을 한 번 보고, 민주당 유세차량을 다시 봤다. 최영옥이 보이지 않았다.

한참 뒤 리재가 돌아왔다. 담배 냄새는 나지 않았다. 아무렇지 않은 얼굴로 유인물 꾸러미를 받아들었다. 아무렇지 않은 밀랍 같았다. 꾸역꾸역 밀려드는 질문들을 삼켰다. 며칠이 지나고 아침을 먹다가 무심히 물었다.

넌 왜 엄마 얘길 안 해?

리재는 된장찌개를 뜨면서 무심히 답했다.

야이 병신들아

엄마 아냐, 개량이야.

시민운동가 최영옥은 민주당 비례대표로 국회에 처음 입성했다. 대개 재선에서 고배를 마시는 다른 비례대표들과 달리 그녀의 부드러운 카리스마는 지역구에서도 통했다. 3선 도전도 무난하리라는 전망이 지배적이었다.

진보정당 의원이 열 손가락에 채 꼽히지 않던 시절, 최영옥은 '꼬마노동당'으로 불렸다. 노동자 집회에 찾아오는 국회의원들 가운데 그녀는 거의 유일하게 환대받았다. 원외정당과 함께 머리를 맞대 법안을 만들었고 원외정당을 대신해 발의했다.

하지만 리재는 최영옥을 개량주의자, 수정주의자라고 불렀다.

뼛속까지 진정한 사회주의자라고 할 수 없어. 개량이야.

시민단체에서 간사로 일하기 시작한 서른 살의 최영옥은 여러 사람이 알았다. 그 이전의 최영옥에 대해 아는 사람은 드물었다. 그러나 리재가 죽던 날, 그날 이후 이제는 전 국민이 알았다.

정치부 기자, 국회 출입 기자들이 빈소로 몰려들면서 기사 제목은 '민주당 최영옥 의원 아들 사망'으로 바뀌었다. 이것은 '서태지 이혼' 만큼이나 한국 사회에 적지 않은 파문을 일으켰는데 비혼 여성 의원에게 숨겨진 아들이 있었으며 이제는 없다는 것이 기사의 골자였기 때문이다.

충격은 거기서 끝나지 않았다. "경찰이 하는 얘기를 들었는데……"로 시작하는 문상객들의 수군거림이 기자들 귀에 들어가면서 저녁 즈음부터는 '최영옥 의원 아들 자살, 충격'으로 제목이 바뀌었다.

이튿날에는 좀 더 긴 기사들이 쏟아져 나왔다. 진보 성향 민주당 女의원의 숨겨진 과거. 20대에 사실혼 관계에서 1남 1녀 낳아. 의원실 '개인적 사생활과 의원 자질은 별개' 선 그어.

최영옥은 빈소에 오래 머물지 못했다. 장례식장에 진을 친 기자들 등쌀을 참다못해 리재 외할머니와 누나가 내보냈다.

거머리처럼 들러붙는 기자들에게 분노할 겨를도, 리재의 죽음을 온전히 슬퍼할 겨를도 없었다. 당 상근자들은 장례식장과 당사를 오가며 안팎의 일들을 쳐내야 했다. 오랫동안 노동조합 현장활동가로, 그리고 진보정당 활동가로 살아온 리재의 장례식은 사회장 형식으로 진행됐다. 각계각층 인

야 이 병심들아

사들이 장례위원회에 합류했다. 당원과 일반 시민들도 장례
위원으로 이름을 올렸다.

닷새 내내 당 공식 메일 계정에 접속해 장례위원회 명단
을 추렸다. 당으로 들어오는 수천 통의 메일 중에 뜻밖에 탈
당계가 섞여 있었다. '나락으로 떨어진 당의 현재를 보는 것
같다'고, '어떻게 현직 활동가가 무책임하게 자살을 하느냐'
며 탈당을 하는 사람이 있었다.

황망했지만 그 황망함도 눌렀다. 눌러야 하는 게 너무 많
았다. 포털 사이트에 끝없이 올라오는 어뷰징 기사들은 누르
지 않았다. 그 밑에 수백 개씩 달리는 댓글들도 누르지 않았
다. 그것들까지 보게 되면 장례가 끝나기 전에 무너질 것 같
았다.

남한사회주의노동자당은 그 뒤로도 한동안 무간도 같은
나날을 보냈다. 다행히 그리 오래가지는 않았다. 얼마 뒤 대
형 여객선이 바닷속으로 가라앉았기 때문이다. 세월호 침몰
사고는 대한민국의 모든 이슈를 집어삼켰다. 서태지도 그때
이혼을 했으면 훨씬 덜 우세스러웠을지 모른다. 이제는 더
이상 아무도 최영옥의 아들을 이야기하지 않았다. 남한사회
주의노동자당도 검색어 리스트에서 사라졌다.

나라 전체가 침통한 슬픔에 빠졌고, 사람들이 술을 마시지 않아 치킨집이 여럿 문을 닫았다. 그리고 4월 17일 아침 지하철에서 벌건 눈으로 핸드폰에 코를 박았던 슬픈 시민들 가운데 몇몇은 시간이 흐른 뒤 광화문 단식 농성장 앞에서 닭다리를 뜯는다. 치킨 소비 진작이나 침체된 내수 경기 부양을 위해 뜯은 건 아니었다.

남한사회주의노동자당에서 절대로 써서는 안 되는 금기어가 몇 가지 있다. 그중 하나가 '병신(病身)'이다. 당 홈페이지 게시판에서든 술자리에서든, 그 단어를 입에 올리면 당기위원회에 제소됐다. 장애인 비하 발언 가운데서도 아주 심각한 수위이기 때문에 징계를 피해갈 수 없었다.

'병심(病心)'은 사람들이 많이 쓰지 않는 단어라서 그런지 금기어 리스트에 올라가 있지 않았다. 그래서 나는 한동안 술만 마시면 "야 이 병심 새끼들아" 울부짖으며 목놓아 울었다. 타자와 세계의 비극에 공감하지 못하는 우리가 장애인이고, 병이 있는 마음, 병심이라고, 이 병심 새끼들아.

차 키에 노란 리본을 달고 다니는 손님을 딱 한 번 만난 적이 있다. 여의도에 출장을 온 듯 정장 차림에 혼자 온 중년

야 이 병심들아

남성이었다. 거기어때 회원이냐 물으니 아니란다. 어차피 확
인도 안 하는데 그냥 회원이라고 하면 어디가 덧나나. 오늘
만 회원 할인가로 받을 테니 다음에 오실 때에는 가입하고
오시라 했더니, 점잖게 웃으며 그런 거 안 한다고 한다.

아니 그냥 깎아주겠다고. 내가 그러고 싶다는데, 엉? 4월
16일을 잊지 않는 사람들에게 일개 호텔 캐셔가 해줄 게 그
런 것밖에 없단 말이다. 차 키에 노란 리본을 달고 오시라. 식
혜도 준다.

없었던
것들

선배, 리재가 죽었어요.

사람 목숨을 갖고 협박을 하는 방법에는 두 가지가 있습니다. 너 죽여버리겠다거나, 아니면 나 죽어버리겠다거나. 언어는 늘 실질보다 과잉이라서 인류가 진작 멸종하지 않은 것이겠지요.

70억 인구가 다들 주둥이로는 하루에도 열두 번씩 살해를 합니다. 그런데도 지구상에 사람이 산다는 것은 그 실행이 서툴러 협박이 무위로 돌아갔거나, 애초 살해가 아닌 다른 의도를 숨기고 있었음을 방증합니다. 조종, 착취, 혹은 기

없었던 것들

생. 상대방의 살해 협박에 겁을 집어먹는 순간 그 사람은 숙주가 됩니다. 물리적으로든, 심리적으로든. 종종 금전적으로도. 사람 목숨을 갖고 타자를, 세계를 조종하려는 고약한 버르장머리를 고치기란 쉽지 않은 일입니다.

고도로 지성적이고 이타적인 조력자를 만나거나 혹은 꾸준한 자기객관화와 성찰, 이를테면 면벽수행이라든지 일기 쓰기 따위를 오랫동안 성실하게 이어간다면 하마, 자기구원이 가능할지도 모릅니다.

선배도 알다시피 나는 매일 일기를 쓰기엔 너무 게으릅니다. 그래서 몇 년째 시간당 기만 원씩을 퍼주며 정신 치료를 받습니다. 없는 살림에 이게 무슨 돈지랄인가 한숨이 나올 때가 한두 번이 아닙니다. 그래도 어쨌거나 죽어버리겠다고 발작하는 빈도는 줄었으니 본전은 찾은 셈이라고 자위하며 삽니다.

어느 시인은 사람과 사람이 만나는 일이 '실로 어마어마한 일'이라고 노래했던가요. 그건 시인이 어마어마하게 미친 연놈하고 제대로 엮여본 적이 없어서일 겁니다. 너 죽고 나 살든, 너 살고 나 죽든, 너 죽고 나 죽든, 애먼 사람의 목숨을 쥐고 겁박하는 자들하고는 거리를 두는 편이 좋습니다.

그러니 선배, 우리는 두 번 다시 길에설랑 마주치지 말기로 해요.

그런데 선배, 리재는 죽었어요.

떠나는 선배에게 목매달던, 그리고 실제로 목을 매달았던 10년 전 그날. 나는 정말 죽을 요량이었을까요. 수년 동안 잊고 살았던 그날을 나는 이제서야 복기합니다. 사실은 매일매일 곱씹어 다시 묻습니다. 나도 그때 정말로 죽으려는 마음이었느냐고. 묻고 또 물어보아도 쉬이 답이 나오지 않아요.

죽고 싶을 만치 괴로웠던 게 사실입니다. 그리고 남은 생을 다 걸고서라도 선배를 붙잡고 싶었습니다. 그 진정성마저 부정할 수는 없습니다. 그러나 스물여섯 살의 내가 죽음이 어떤 것인지 정말로 알고서 그 의자 위에 올라섰던 걸까요.

리재가 죽고 없는 지금에 와서야, 나는 분명하게 대답할 수 있는 것이 하나밖에 없음을 깨닫습니다. 스물여섯 살의 내 머릿속에 있던 죽음은 덕지덕지 분칠을 한 연극배우의 얼굴 같았다는 것을요. 리재의 죽음은 사랑이나 그리움, 혹은 열사 같은 단어로 덮을 수 없을 만큼 참혹했습니다.

나는 리재에게도 매일 묻습니다. 너는 정말 죽을 생각이

없었던 것들

었느냐고. 물론 리재는 답이 없습니다. 그래서 나는 나에게 다시 묻습니다. 리재가 정말 죽을 생각이었다는 것을, 리재가 정말 죽을 수도 있었다는 것을 나는 정말 몰랐느냐고.

처음에는 자신 있게 대답했습니다. 나에게도 그것은 천재지변처럼 불가항력적이었다고. 예측 불가능한 사고였다고. 꿈에도 그가 죽을 줄은 몰랐다고.

하지만 그날 아침 회의실에서 어쩌면 어렴풋이 짐작을 했을는지도 모릅니다. 리재가 점퍼를 벗으며 몸을 앞으로 숙였을 때 얼핏 드러난 그 자국. 무언가 리재의 목을 선명하게 가로지르며 할퀴고 지나간 생채기 자국.

어떻게 하면 그런 생채기가 생기는지 나는 이미 알고 있습니다. 식탁 의자를 베란다로 끌고 가서, 방범창 쇠창살에 전깃줄을 묶고, 동그랗게 올가미를 만들어서, 목을 올가미 속으로 집어넣었을 때. 하지만 차마 의자를 힘차게 걷어차지 못하거나, 의자는 걷어찼지만 줄이 풀려서 바닥에 굴러떨어졌을 때.

그 생채기를 본 사람이 한 사람 더 있었습니다. 회의가 끝나자마자 민실장은 리재의 목덜미를 잡아 커피숍으로 끌고 나갔습니다. 두 사람이 자리를 비운 뒤 나는 키보드에 커피를 엎질렀고, 현수막 시안에 날짜를 잘못 넣어 사무실을 발칵 뒤집어놓았습니다.

당황해서가 아닙니다. 나는 화가 나 있었습니다. 머리끝까지 화가 났습니다. 리재의 나약함에, 못난 그에게 참을 수 없이 염증을 느꼈습니다. 그냥 살아. 다들 그냥 살고 있다고. 넌 왜 못 살아. 왜 무던해지질 못하니. 불같이 화를 내면서, 누구에게 화를 내고 있는지도 모른 채 나는 그저 불같이 화를 내고 있었습니다. 그 대상이 리재인지 나 자신인지는 이미 명확했습니다, 그때는 몰랐지만 말입니다.

이제 더 이상 리재는 없는데 나는 여기 있는, 이 상황을 나는 한동안 가만히 쳐다만 봅니다. 리재가 죽었다는 사실을 온전히 받아들이려면 하루에도 여러 번 중얼거려야 합니다. 그런데 이상하게도 '선배'를 먼저 불러야 비로소 그 말이 비명같이 터져 나옵니다.

선배, 리재가 죽었어요.

늘 이런 식입니다. 선배도 나를 떠났지만 아직 살아 있어서일까요. 알 수 없습니다.

선배는 즐거움이 삶의 동력인 사람입니다. 불안한 남자

없었던 것들

들로 가득한 내 인생에서 예외적으로 찬란한 남자였습니다. 선배한테 홀린 듯 빠져든 것은 어쩌면 필연적이었는지도 모릅니다. 인간이란 원래가 결핍된 것을 욕망하게 마련이니까요.

이미 어둠에 적응된 침침한 내 두 눈에도 빛이란 어쩔 수 없이 찬란하고 매혹적이었습니다. 그러나 얄궂게도 내게는 불안이 삶의 동력입니다. 나는 선배처럼 삶 그 자체에 몰입하지 못합니다. 늘 근원 모를 불안과 강박에 쫓길 뿐이지요.

즐거움을 쫓는 사람과 불안에 쫓기는 사람이 만나서 연애를 하면 어떤 일이 벌어질까요. 2004년은 내 인생에서 가장 얄궂은 시절이었습니다.

즐거운 사람은 그저 만나서 즐겁습니다. 그러나 불안한 사람은 만나도 불안합니다. 즐거운 사람은 욕망하지만 불안한 사람은 늘 결핍됩니다. 기실 즐거운 사람은 이 관계 말고도 즐거운 것이 세상에 차고 넘칩니다. 그러므로 불안한 사람에게 상대방의 즐거움은 공포로 다가옵니다. 저러다 어느 날엔가 더 즐거운 무엇이 눈앞에 아른거릴 때 훌쩍 떠나버리겠구나, 저 사람은. 아니, 이미 간밤에 너무 즐거워서 오늘 아침 나를 통째로 잊어버렸을지도 몰라. 그래서 불안한 사람은

『논어』에 나오는 '즐기는 자를 결코 이길 수 없다'는 경구를 가장 싫어합니다. 세월호 추모 집회에서 "어둠은 빛을 이길 수 없다"는 노래를 들을 때마다 그곳에 모인 사람들과는 좀 다른 이유로 씁쓸해집니다. 선배같이 빛나는 사람은 결코 이해하지 못할 것입니다.

만났을 때와 마찬가지로, 필연적으로, 선배는 떠났습니다. 10년 전에 죽을 듯이 슬펐던 나는 아직 살아 있습니다. 그런데요, 선배. 리재는 죽었습니다.

사실은 눈부신 변혁을 꿈꿀 때에도 내 일상은 그다지 눈부시지 않았습니다. 리재와 함께하던 전쟁 같은 한때도, 선배가 내 곁에 있던 그 찬란한 시절에도. 그러니까, 내 삶은 원래 별로 찬란하지 않았고 그 찬란하지 않은 나날 속에 계속 쭉 있었을 뿐입니다. 그것이 유일한 진실이죠.

대개는 불안이 불안을 부르고, 즐거움이 즐거움을 환대하지요. 끼리끼리 만나는 법입니다. 알코올중독자 아버지한테 맞으며 자란 아들이 알코올중독자가 되거나, 알코올중독자 남편을 만나 두들겨 맞고 사는 알코올중독자의 딸처럼 말입니다.

없었던 것들

인생이란 얄궂고도 얄궂어서 알코올중독자 집안 말고도 엇비슷한 이야기들이 차고 넘칩니다. 그림자 사이에는 염력 같은 것이 작용하는지도 모릅니다. 내가 이렇게 말하면 리재는 또 정색을 할 것입니다. 그는 과학적 사회주의자니까요. 아니, 과학적 사회주의자였으니까요.

그리고 리재는 내 인생에 가장 불안한 남자였습니다. 나보다도 더 큰 불안을 안고 사는, 시한폭탄처럼 째깍거리는 남자. 그러므로 나에게 선배가 광명이었듯 그에게는 내가 구원자로 보였을 것입니다. 얄궂지요. 참 얄궂은 일이에요.

강 위를 달릴 때면 그는 중얼거렸습니다. 가끔 핸들을 훅 꺾어서 강물로 뛰어들고 싶을 때가 있어. 바다 위를 지날 때에도 그는 중얼거렸습니다. 여기서 핸들을 훅 꺾으면 바닷속으로 들어갈 수 있겠지. 그날 리재가 중앙분리대를 피하지 않고 그대로 직진한 것은 아마 핸들을 훅 꺾을 힘조차 남아 있지 않아서였을 것입니다.

그날 군포에서 열릴 회의 같은 건 없었습니다. 인원 미달로 취소됐다는 전화를 일찌감치 받았으니까요. 그리고 사고 현장에는 브레이크 자국이 없었습니다. 리재는 브레이크를 밟지 않고 그대로 중앙분리대를 들이받았습니다. 엔진도 브레이크도 아무런 이상이 발견되지 않았습니다. 리재 외할머니와 누나에게는 보험금이 한 푼도 지급되지 않았습니다.

리재가 죽고 내가 정신병원을 들락거리게 되면서 사람들은 나를 연민했습니다. 명이는 리재를 참말로 사랑했구나. 선배도 그렇게 생각하나요.

그의 눈에는 내가 없었습니다. 리재의 눈에 비친 나는 어렸을 적에 자신을 버리고 떠난 엄마였을 것입니다. 마치 내가 선배에게서 아버지를 찾으려 한 것처럼. 그래서 리재는 나였고 내가 곧 리재였지만, 우리가 과연 사랑을 했을까요. 리재와 나에게 자기연민이나 자기혐오가 아닌 사랑 혹은 미움 같은 감정이 존재했을까요. 온전하게 상대의 존재를 이해하고 소통한다는 것이 가당키나 했을까요.

나는 그런 것들을 이제 더 이상 믿지 못하게 되었습니다. 이 관계에는 없는 것이 너무 많았습니다.

리재의 장례식장에도 없는 것이 너무 많았습니다. 열사의 장례를 치렀지만 열사가 없었습니다. 선배, 리재는 열사가 아니었어요.

중앙분리대를 들이받기 일주일 전 리재는 내 집에서 쫓

155

없었던 것들

겨났습니다. 그날 아침도 우리는 밥을 먹다가 싸웠고, 밥숟가락을 집어던지며 일어난 리재의 등 뒤로 쏘아붙였습니다. 오늘 저녁 퇴근했을 때 이 집에 네가 없었으면 좋겠어. 네 물건들도.

그의 두 발이 우뚝 멈춰 섰다가, 다시 현관문으로 향했습니다. 쾅, 소리를 내며 문이 닫힌 뒤 나는 리재의 옷가지와 책들을 모두 쇼핑백에 쑤셔 넣었습니다. 현관문 앞에 부려놓은 짐들은 일주일 동안 그 자리에 버려져 있었습니다.

리재가 죽기 전날, 새벽에 술에 취해 문을 두드리는 그에게 나는 문을 열어주지 않았습니다. 나는 내 인생에 그를 더 이상 들여놓고 싶지 않았어요.

그런데 그는 마치 사악한 농담처럼, 자신의 인생에서 뚜벅뚜벅 걸어 나가버렸습니다. 그러니까 리재는 내가 죽인 것이지, 보수정권 10년 동안 전국 곳곳에서 와해된 노동운동이나 갈수록 기울어져가는 당세를 비관해서 죽은 게 아닙니다. 리재는 열사가 아니었어요.

장례식장에서 나는 입을 꼭 다물고 있어야 했습니다. 리재는 열사가 아니에요, 라는 말이 자꾸만 새어나오려고 했으니까요. 목젖을 타고 입 안까지 넘어오려는 말을 다시 꼭꼭 씹어서 삼켰습니다. 열사의 장례식장에서 열사가 아니라고 말하는 것은 비통에 잠긴 동지들에 대한 배신이었으니까요. 나의 마음이, 나의 생각이 죄가 되는 그곳에서 나는 섬처럼 부유했습니다.

그리고 선배, 내 마음속에는 슬픔이 없었어요. 리재를 가여워하는 측은지심도, 리재의 죽음을 오롯이 안타깝게 여기는 연민도 없었습니다. 그저 나는 화가 났습니다.

장례식장 벽면에 설치된 LED 화면에서 흘러나오는 영상을 보면서도 화가 났어요. 살아 있는 리재가 집회 현장에서 팔뚝을 휘두르던 모습, 리재가 뛴 선본에서 드디어 구의원 한 명이 탄생한 날, 아주 못생겨진 그의 얼굴, 내가 아는 리재 얼굴 중에 가장 못생긴, 입이 찢어질 듯 벌어지고, 동그란 눈동자가 개기월식처럼 사라져버린, 아주 못생긴 얼굴.

나는 그 영상을 보면서도 화가 났습니다. 홍보실 박국장이 이걸 밤새도록 만들었겠구나. 5분짜리 추모 영상을 만들기 위해서, 이제는 죽고 없는 리재의 얼굴을 하룻밤 내내 쳐다보고 있어야 했겠구나. 나는 줄곧 화를 내고 있었습니다. 리재가 없는 세상을 견뎌야 하는 동지들에게 그것은 너무나 잔인한 짓이었으니까요.

없었던 것들

장례식이 끝나고 집으로 돌아왔을 때, 현관문 앞에는 리재의 물건들이 짐짝처럼 버려져 있었습니다. 그 쇼핑백을 멍하니 쳐다보던 나에게 그 모든 없던 것들이 일시에 덤벼들었습니다.

없었던 회의, 없었던 브레이크 자국, 없었던 사랑, 그리고, 없었던 나의 슬픔.

그 없던 것들의 무게에 짓눌려서 나는 잠을 잘 수가 없었어요. 그러니까, 그냥 잠을 자고 싶었을 뿐이라는 나의 최초 진술은 모두 사실입니다.

죽도록 사랑받고 싶었던 사람이 죽어버리고 난 뒤에, 그들을 죽도록 사랑하지 못한 사람은 어떻게 용서를 구해야 할까요. 리재는 죽었어요, 선배. 죽은 사람에게는 용서를 구하지 못해서 나는 선배에게 편지를 씁니다. 선배, 스물여섯 살의 나를 용서해줄 수 있나요.

카이사르의
것

너는 장례식장 앞에 서 있었다. 손에 든 담배가 타들어가는 것도 잊은 채. 고개를 떨구면 길게 매달린 담뱃재 위로 눈물이 툭 떨어졌다. 멀리서 나는 생각했다. 저 아이는 아직도 폐허 위에 서 있구나.

리재가 왜 죽었는지 나는 모른다. 리재 말고는 모른다. 리재가 헤어나지 못한 수렁이 어떤 형태였는지 아무도 본 적이 없지. 그게 어떤 모양이었건 리재를 죽인 것은 수렁이다. 네가 아니다. 리재는 다만 그 블랙홀 같은 수렁 속으로 천천

히 걸어 들어갔을 뿐이야. 그러니까 네 탓이 아니다. 카이사르의 것은 카이사르에게로. 그리고 너는 카이사르가 아니지.

대개의 죽음이 그래. 한 사람의 목숨뿐만 아니라 수많은 진실을 함께 삼켜버리지. 다시 말하지만, 리재가 왜 죽었는지는 아무도 모른다. 그럼에도 한 가지는 분명해. 리재를 살리거나 죽일 힘이 너에게는 없다는 거야.

아주 간혹, 성인의 경지에 오른 자들이 죽을 사람을 살리기도 해, 대표적으로 예수나 부처가 있지. 하지만 오늘날엔 그런 용감한 시민이 되려면 살신성인이나 박애주의 외에도 필요한 것이 많단다. 고도의 지성과 용기라든지. 약간의 행운까지.

건물 옥상에 홀로 서 있는 사람을 떠올려보렴. 대개 그 이후에 벌어지는 일들은 네 노력과 무관하다. 누군가의 말 한마디에, 눈물 몇 방울에 "네" 하고 냉큼 내려갈 일이었으면 애초 거길 올라가지도 않았겠지. 싱거운 냥반이 된다는 건 때로 죽기보다 창피하거든. 그들을 살리지 못한다고 해서 죄인이 되는 건 아니야. 미담의 주인공이 되지 못하는 것은 약간 아쉽지.

마찬가지로, 담벼락에 황칠할 나이까지 살 수 있었던 사람을 죽이려면 그 또한 엄청난 괴력이 필요하다. 하물며 물리력도 행사하지 않고 다만 손짓 하나, 표정 하나로 '죽으라' 신호를 보내고 또 실제로 죽음에 이르게 하려면? 그런 건 괴력이 아니라 권력이라고 부르지. 적어도 민주화 이후의 한국에서는 현행법을 거스르는 행위다. 그런 짓을 하는 사람들은 모두 죗값을 치렀지, 전두환 빼고. 그러니까 안심하렴. 우리는 신이 되기엔 너무 무능하고, 전두환에 준하는 권력을 가진 사람은 아무도 없으니까.

사실 리재는 삶을 사랑하는 사람이었어. 늘 입버릇처럼 말했잖아. 어떻게든 살아야 한다고. 살아서, 재미지게, 신나게 사는 것이 자본가와 독재자의 폭거에 대항하는 가장 통쾌한 복수라고 부르짖던. 맹랑한 녀석이었지. 그런 아이가 왜 그런 극단적인 선택을 했느냐고? 나도 몰라. 중요한 건, 그 수렁이 원래부터 너의 형상을 하고 있던 건 아니라는 것이지.

리재의 삶에서 가장 깊은, 그리고 가장 강력한 블랙홀은 아마 최영옥이었을 거야. 리재의 재기 넘치는 필치도, 재주도, 삶에 대한 열정까지도 모든 것이 거기에서 나왔지. 동시에 그 모든 것을 집어삼켰다.

너와 리재의 연애에 대해 나는 거의 아는 것이 없다. 그러나 짐작컨대 리재는 아마 너에게서 엄마를 열렬히 갈구했을 거야. 너는 리재 같은 아들을 보듬기에 너무 어렸고. 너에게 이 말이 위안이 될지 더 큰 허무감을 줄지 모르겠다만, 나 명이 아니라 다른 여자에게 버림받았더라도 리재는 똑같은 선택을 했을 거야. 버림받았던 유년기의 상처, 그 심리적 자장 속으로 빨려 들어가는 것이지. 그러나 그 또한, 카이사르의 것은 카이사르에게로. 너는 카이사르의 엄마가 아니니까.

카이사르의 미덕도, 실수도, 그 어떤 결정도 카이사르의 것이다. 카이사르의 은전이 카이사르에게 가는 것이 당연하듯. 그리고 카이사르의 죽음은 이제 신의 것이지.

장례식장 앞에 선 너를 한참 동안 바라보면서 기도했다. 쓰러져가는 것들이 다 무너져 내리기 전에 이제 그만 폐허를 떠났으면. 더 이상 네가 폐허 속에서 떠돌지 않았으면 좋겠다고.

너는 내게서 아버지를 찾았지만, 나는 너의 아버지이고 싶었던 적이 한 번도 없었단다. 나는 함께 있지 않아도 연애 라고 믿었지만, 너는 함께하지 못하는 시공간을 불행이라 정 의했지. 심지어 나와 함께 있을 때에도 너는 불행했다, 언제

카이사르의 것

사라질지 모르는 신기루를 손으로 꼬옥 붙들고 있는 어린아이처럼.

그러나 사람은 신기루도, 전유 가능한 사물도 아니지. 사람은 살아 있는 생물이니까. 사랑하는 이와 만나지 못하는 시간, 헤어지는 시간은 누구에게나 아쉽지. 슬프고. 또 외롭지. 그러나 그 시간을 견딜 줄 알아야 지속가능한 것이 연애이고. 그런 연애의 역설을 받아들이기란 말처럼 쉽지는 않지.

나는 아버지도 아니거니와 구원자는 더더욱 아니었단다. 몇 번이고 네게 말하고 싶었다, 나는 너를 구원해줄 수가 없다고. 네 눈에 내가 예수처럼 비쳤는지 모르겠지만, 명이야, 나는 그때 고작 스물여덟 살이었단다. 네 앞에서 진보정당운동사를 줄줄 읊고, 세상 모든 진리를 나 홀로 독점한 양 어깨를 으쓱거렸을지라도. 불안한 미래 때문에 늘 발바닥을 달싹거렸던, 그냥 스물여덟 살이었어.

그리고 오래전에 비행기 표를 끊어두었던 스물여덟 살이었지. 너를 사랑하기 전부터, 훨씬 전부터 계획한 유학이었어. 졸업식이 끝나면 곧장 스웨덴행 비행기를 탈 작정이었으니까. 우리의 유토피아는 스칸디나비아반도에 건설되고 있는 사민주의 복지국가였잖니.

내 출국일이 다가올수록 너는 공포와 불안에 질렸고, 이별을 기정사실로 단정 지었으며, 그 일련의 상황이 참 당혹스러웠다. 급기야 네가 자살을 기도했을 때 나는 딛고 섰던 땅이 무너지는 느낌이었어. 그러나 내가 병원으로 찾아갔을 때 너는 내 눈조차 마주 보지 않고 차갑게 쏘아붙였지. 선배, 난 이제 나를 좀 지켜야 할 필요가 있어요, 라고. 그게 끝이었다.

어째서 내가 너를 떠났다고 기억하고 있는지 나는 좀 억울하구나. 이 녀석아, 네가 나에게 퇴장 카드를 내민 거야. 냉혹하게 차버린 거라니까.

나는 아버지 말고, 예수도 말고, 너의 연인이 되고픈 남자였단다. 네 유년의 폐허 밖으로 너를 어떻게든 꺼내고 싶었지, 그게 성장의 충분조건이니까. 그리고 그게 어른의 연애니까. 그러나 나의 조력도, 존재도, 부재마저도 너를 더 깊숙이 숨어버리게 만들었구나.

너를 사랑한 그 시간에 대해 나는 후회도 미련도 없어. 내가 할 수 있는, 해야 할 몫을 다했으니까. 그래도 안 되면 떠나야지. 어쩌겠니. 나 역시 신이 아니니까. 그러므로 나는 너를 용서할 일이 없고 너는 내게 용서를 구하지 않아도 돼. 너는 그냥 너만 용서하면 된다.

카이사르의 것

얼마 전 아들을 데리고 유럽으로 배낭여행을 다녀왔어. 스칸디나비아반도에도 물론 들렀지.

새파란 대학생이었던 시절, 우리는 얼마나 무지했던지! 이제는 너도 알고 있을까? 리재와 너와 내가 동아리방 옥상에 누워서 북유럽 사민주의를 논하던 시절에 이미 그곳에는 신자유주의가 스며들고 있었다는 것 말이야. 완전고용 정책을 포기하고, 극우보수정당이 싹을 틔우고 있었지. 이번에 아들과 갔을 때는 테러 때문에 해가 지면 호텔 바깥으로 한 발도 나가지 않았어. 이케아는 여전히 멋지더구나, 눈이 튀어나올 만큼.

돌아오는 길에 나는 아들에게 이런 얘길 들려주었단다. 유언처럼, 마지막 남기는 아비의 유지처럼. 사민아, 이 세상에 어떤 것도 네 목숨보다 귀한 것은 없어. 네 무덤 위에 꽃을 뿌리며 네 몫의 삶을 대신 살아주겠다는 건 남아 있는 자들의 자기위안일 뿐이야. 네가 살지 않는 삶은 그 누구의 것도 아니란다.

그리고 그 말을 명이 네게도 똑같이 해주고 싶었다. 너에게 보내는 마지막 편지처럼. 내게 남아 있는 마지막 애정과 염려를 모두 담아서. 명이야, 아직 애도의 시간이 끝나지 않

았다면 잠시 너의 상실에만 집중하렴. 충분히 애도하고, 슬
퍼하는 거야. 그리고 다시 살아. 우리 모두 그래도 돼.

카이사르의 것

남쪽바람개비은하

그 동아리의 이름은 '남한사회주의노동자당'만큼 길고
괴상했다.

선배들은 별을 아주 많이 사랑했지만 좀 게을렀다. 그 동
아리는 전국 유수의 대학에서 천문학 동아리가 우후죽순으
로 생긴 뒤에 만들어졌다. 그래서 '안드로메다'나 '카시오페
이아', '페르세우스' 같은 이름은 다른 학교가 이미 선점해버
렸다. 한참 늦은 후발 주자였던 셈이다.

동아리 창립식을 앞두고 선배들은 메시에 목록에 등재
된 성운 성단 이름 백여 개를 모조리 뒤졌다. 그리고 아무도

손대지 않은 이름 하나를 용케 찾아냈다. 그것이 '남쪽바람개비은하'다.

비로소 이름을 갖게 된 남쪽바람개비은하는 꿈에 그리던 동아리 창립식을 열었다. 선배들은 전국에 유일무이한 이름을 찾아내 기뻤다. 기뻐서 흥청망청 술을 마셨다. 우리는 이제 남쪽바람개비은하다! 남쪽바람개비은하야!

남쪽바람개비은하가 북반구에서는 볼 수 없는 은하라는 것은 좀 심각한 문제가 아닌가, 그런 반문을 던진 사람은 아무도 없었다. 사실 그 전설적인 창립 멤버들은 유리를 깎아 망원경 렌즈를 제작할 만큼 별에 미친 사람들이었다. 그런 선배들의 작명 센스가 빵점이었다는 건 후배들에게 비극이 아닐 수 없었다.

춘삼월에 동아리 모집 기간이 다가오면 이놈의 괴상망측한 이름 때문에 희한한 해프닝이 이어졌다. 어떤 새내기는 종이접기 동아리인 줄 알고 들어왔다가 소주를 짝으로 들여놓고 먹는 분위기에 학을 떼고 도망갔다. 풍력발전기 같은 것을 제작하는 곳으로 착각한 오타쿠들이 들어왔다가 바람같이 사라지기도 했다. 혹은 그냥 '여자가 많을 것 같은 동아리 이름'이라서 들어오는 일군의 남학생들도 있었다. 그들

역시 공대 남자들이 소주 됫병을 껴안고 처마시는 꼴을 보고 우르르 나가버렸다.

산꼭대기에 올라앉은 학교의 꼭대기, 숨이 턱까지 차고 코가 하늘에 맞닿을 높이에 다섯 평쯤 되는 가건물이 서 있었다. 남쪽바람개비은하의 아지트였다. 쿵, 짓궂은 놈 둘이서 발을 동시에 구르면 곧장 내려앉고 마는, 부실한 계단을 살살 딛고 올라가면 가건물 옥상에 반구형 돔이 세워져 있었다. 전설의 창립 멤버들이 공대 창고에서 철판과 각목을 쌔벼와서 얼기설기 지은 천체관측용 시설이었다.

물론 요즘의 최신식 천문대와 달라서 전자동 버튼은 없었다. 그냥 손으로 열고 닫았다. 그 돔에서 사람들은 망원경을 들고 올라가서 별을 보거나, 술을 마셨다. 한 달에 한 번 관측회도 나갔다. 학교 뒷산을 타고 한참 더 올라가면 널따란 분지가 나왔다. 거기에 텐트를 치고 망원경을 세우고 별을 보거나, 또 술을 마셨다.

지금도 그렇지만 천체 관측은 '장비병'을 부르는 고급 취미에 속했다. 남쪽바람개비은하의 이념 지형 역시 쁘띠부르주아에 심하게 치우쳐 있었다. 별을 보는 빨갱이는 3%를 넘지 못했다. 나와 리재 그리고 선배는 그 3%에 속했다. 아니, 학교 안이든 밖이든 빨갱이 집단은 총인원 가운데 3%를 넘어서지 못했다. 마치 바닷물 속 염화나트륨의 비율처럼, 희한하게 빨갱이는 늘 3%였다. 희한했다.

그리고 어느 집단이건 그 3% 안에서 정파가 갈라지고 흩어졌다. 3% 가운데 얼마만큼의 지분을 어느 정파가 더 가져갈 것인가를 두고 맹렬하게 싸웠다.

빨갱이들의 정파는 대개 어떤 '선배'를 만나느냐에 따라 결정된다. 대한민국이 이 지경이 된 게 다 미국 탓이고 민족통일이 최우선 과제라고 주장하는 엔엘 선배들은 밥을 잘 사줬다. 품성이 밝고 친화적이어서 후배들 사이에서도 덕망이 높았다. 다만 이 선배들이 총학생회를 장악하는 해에 벌어지는 풍경들은 살짝 짜증스러웠다. 등록금 인상 반대 투쟁 때 한복 입은 여학생들이 교문 앞에서 커피를 타서 나눠주고 있었기 때문이다.

세상만사는 일장일단이 있는 법이다. 재벌과 자본가의 횡포 때문에 노동자들의 살림살이가 이 모양 이 꼴이라고 주장하는 피디 선배들은 한복은 안 입었다. 대신에 재수가 없었다. 입만 열면 "그건 발리바르의 알튀세르적 전용이다!" 뭐

남쪽바람개비은하

이런 듣도 보도 못한 외계어를 내뱉았다. 퉁명스럽고, 매사에 삐딱선을 타고, 그래서 한쪽 입꼬리가 삐뚜름하게 올라가 있는, 냉소적인 사람들이 왜 그렇게 많았는지 알다가도 모를 일이다. 이러니 어르신들이 운동권을 '불우한 가정환경에서 자라나 사회에 불만이 많은 부적응자들'로 취급하는 것 아니겠는가.

다시 한번 말하지만 엔엘 선배들은 결코 그렇지 않다. 얼마나 품성이 곱고 바른데. 몇 해 전에 깔치눈을 뜨고 엄한 사람들 머리끄덩이를 낚아채는 숭악한 장면이 공중파 뉴스를 타는 바람에 개망신을 당한 적은 있지만, 조직 보위의 발로였을 뿐 그들은 생의 대부분을 맑고 바른 품성의 활동가로 살아간다.

선배는 엔엘이라고 부르기엔 북한을 좋아하지 않았고, 피디라고 하기엔 너무 따뜻했다. 좀 이상한 운동권이었다. 그래서였을 것이다. 선배가 한복 입고 꽹과리 치는 사람들과 어울리지 않은 것은. 그리고 내가 사랑에 빠질 수밖에 없었던 것도.

술 취한 주정뱅이들이 곯아떨어진 새벽, 돔 안에 드러누워서 유성을 세고 있으면 선배는 가슴 먹먹한 이야기들을 가만가만 들려주었다. 책 속에는 없는 이야기들, 그리고 살아 숨 쉬고 손으로 만질 수 있는, 아니 예전에는 손으로 만질 수 있었을, 하지만 지금은 없는 것들을 이야기했다.

사회대 앞에 밑동만 동그마니 남아 있는 느티나무 그루터기에 대해서. 아직 박정희가 살아 있던 시절 그 나무에 올라가 삐라를 뿌리다가 잡혀간 형들에 대해서. 그 형들이 잡혀간 뒤 톱을 들고 와서 나무를 아예 잘라내버린 사복경찰들에 대해서. 또는, 중앙도서관 앞 시비(詩碑)에 대해서. 전교조를 조직하다가 끌려가 고문을 당하고 죽어버린 어느 국어 선생에 대해서.

리재와 나는 밤하늘을 보면서 선배가 들려주는 그런 얘기들을 듣고 자랐다.

다시 한번 말하지만, 빨갱이들의 정파는 입학 직후 어느 정파의 선배를 만나느냐에 따라 판가름 나던 시절이었다. 물론 엔엘 후배들 중에 간혹 지적 호기심이 과해서 전설의 『강철서신』이나 『김일성 주체사상』 같은 금서를 구해 읽다가 '뭐 이런 머저리 새끼들이 다 있나' 성질이 나서 피디로 전향하거나, 피디 선배들이 재수 없던 와중에 품성 바른 엔엘 형에게 감화되어서 통일운동에 뛰어드는 경우도 드물지만 있었다. 그러나 유의미한 숫자는 아니다.

선배가 북유럽 사민주의 모델을 지지했으므로 리재와 나는 스칸디나비아반도 어디엔가 건설되고 있을 복지국가를 우리의 유토피아로 삼았다. 그러니까 운동권들의 '정파 선배 결정론'은 적어도 리재와 나에게는 유효한 가설이었던 셈이다.

선배가 스칸디나비아반도로 유학을 떠나고, 나와 리재가 차례로 졸업을 하고, 까마득히 잊고 살던 리재를 2008년에 다시 만났다. 미국산 쇠고기 수입에 반대해 전국적으로 번져간 촛불집회 현장이었다. 나는 남한사회주의노동자당에서 웹진을 만드는 기획자였다. 리재는 군포의 어느 발전소에서 비정규직으로 일하면서 노동조합을 조직하고 있다고 했다.

그날 우리는 밤새 술을 마시며 긴 이야기를 나눴다. 동아리방 옥상에 덩그러니 놓여 있던 낡은 돔에 대해서. 1년에 한 놈씩 술김에 옥상에서 뛰어내리다 기어이 다리를 분지르곤 하던 그 미친 집단에 대해서. 그리고 지금은 스웨덴으로 가

고 없는 선배에 대해서. 그가 들려주던 이야기들과, 그걸 들으며 새끼 빨갱이로 성장한 리재와 나에 대해서.

나는 모호하고 불확실하고 애매한 것들이 싫어. 미국산 쇠고기도 그래. 광우병에 걸릴 가능성이 아주 없지는 않지만 그렇다고 유의미한 숫자라고도 말하기 쉽지 않다, 라니. 이게 무슨 개 풀 뜯어먹는 소리야. 그런데 누나. 난 있잖아. 서른이 가까워질수록 이 세상에 과연 분명하고 명징하고 확실한 것이 몇 개나 있을까 하는 체념에 빠지곤 해. 그리고 그런 체념에 빠지는 내가 징그럽거든. 누나의 서른 살은 명징했을까? 명징하지 않은 서른 살이 징그러워질 때 나는 어떡해야 하지?

남쪽바람개비은하에는 여명이 밝아올 때쯤 꼭 두 연놈이 눈 맞아서 커플이 되는, 이상한 전통이 있었다. 그날 새벽 리재와 나도 예외가 아니었다. 동쪽 하늘이 채 밝아지기도 전에 나는 리재와 사랑에 빠졌다.

민실장의
가정법

물김치가 잘 익었다.

민실장은 플라스틱 반찬통을 꺼내서 물김치를 덜었다. 국자를 든 손이 떨려서 국물을 흘렸다. 잠시 심호흡을 했다. 괜찮아. 아무 일도 없어. 멸치볶음도 조금 담아서 가져갈까.

차에 시동을 걸면서도 민실장은 중얼거렸다. 물김치가 잘 익었으니까, 밑반찬도 새로 했고. 이것저것 갖다줄 겸 가 보는 거야. 명이는 자고 있을 거야. 호텔에서 24시간 교대로 근무를 한다잖아. 자고 있어서 전화를 못 받는 거지. 괜찮아. 아무 일도 없어.

명이가 문제였다. 호텔에서 일하고 나서부터 전화를 받지 않았다. 일할 땐 일한다고 못 받고, 집에 가면 기절하듯 잠이 든다고 했다. 그걸 알면서도 민실장은 자꾸 가슴이 두근거렸다.

안 입는 옷가지를 갖다주러, 혹은 물김치가 잘 익어서, 민실장은 명이의 집으로 찾아갔다. 리재가 죽고 명이가 병원에 실려 간 이듬해부터 생긴 버릇이었다.

명이가 문제인 줄 알았다. 그 녀석이 전화를 잘 안 받으니까. 그런데 아니었다.

민실장은 괜찮았다. 어쩌면 그 당에서 가장 괜찮아 보이는 사람 중 하나였을 것이다. 그러나 1년 뒤 사직하고 집에서 쉬다가 민실장은 깨달았다. 괜찮은 게 아니라 괜찮아야 했던 것이다.

리재는 남한사회주의노동자당의 지지율이 수직 하강할 무렵 중앙당에서 일하기 시작했다. 지방선거가 끝나고 한 달 만에 이천 명 가까이 탈당하기 시작하던 때였다. 중앙당에서 일하던 당직자들도 우르르 사표를 냈고 때마침 대외협력실이 공석이었다. 명이가 리재를 추천했다.

동아리 후배예요. 군포화력발전소 노조 아시죠? 얼마 전에 비정규직 노조 만들어졌잖아요. 거기 조직부장이었는데 당에 와서 일해보고 싶대요.

리재는 말간 눈에 차분한 입매를 가진 청년이었다. 어딘지 모르게 낯이 익었다. 새로 입사한 당직자들의 4대 보험 서류를 처리하다가 민실장은 리재의 가족관계증명서에 눈길이 멎었다.

낯익은 이름이 거기에 있었다. 최영옥. 민실장의 대학 동기였다. 그리고 최영옥의 아버지. 그는 1960년대에 민주화운동을 하다가 실종되어 아직까지 시체를 찾지 못했다. 태어나기도 전에 행방불명된 남자의 아들이라니. 리재는 그의 아들일 수도, 최영옥의 남동생일 수도 없었다.

민실장이 조심스럽게 자초지종을 묻자 리재는 말간 얼굴로 대답했다.

네, 최영옥은 제 생모입니다. 누나가 아니라.

그리고 리재의 말간 눈은 더 이상 아무런 설명도 하지 않겠다고 단호하게 말하고 있었다.

더는 묻지 않았다. 어떤 상황인지 짐작이 갔다. 최영옥의 20대는 아직 세간에 알려지지 않았다. 최영옥의 남편이 노동

민실장의 가정법

운동을 하다가 수배자로 도망 다니던 도중에 비참한 죽음을 맞이했다는 사실을 아는 사람은 드물었다.

해방 이래 대한민국은 늘 그랬다. 사회주의 강령을 내걸고 창당한 진보정당도, 노동3권을 사수하자고 만든 노동조합도 빨갱이로 취급당했다. 외할아버지가 죽고, 아버지도 죽고, 아들 세대가 되어서야 민주화가 이루어진 셈이다. 그러나 이제는 독재자 대신 선거가 진보정당의 목을 죄고 있다.

3%였다. 고작 3% 남짓한 진보정당 지지율을 사람들은 자기 통장 속에 잠자던 푼돈쯤으로 여겼다. 선거가 다가오면 당당하게 인출을 요구했다. 마치 잊고 있던 통장 잔고 내놓으라는 듯.

민주당 후보가 간발의 차이로 공화당에 지기라도 하는 날이면 진보정당에 재앙이 닥쳤다. 항의가 빗발쳐 당사 전체에 유선전화가 마비됐다.

그래서 선거철의 진보정당은 늘 불난 호떡집 같았다. 우리 당 후보를 사퇴시키고 '될 놈'을 밀어주자거나, 다른 당과 합쳐야 산다는 사람들이 매번 생겨났고, 그게 무슨 개 풀 뜯어먹는 소리냐는 사람들이 함께 뒤엉켜 전쟁을 벌였다.

선거를 한 번 치를 때마다 당원명부 길이가 훅 줄었다. 누군가는 야권단일화를 했다고 떠나고, 또 누구는 야권단일화를 안 했다고 떠났다. 싸우거나 말거나, 늘 지지율은 3%였으므로 늘 선거에서 졌다. 선거에서 졌으므로 늘 가난했고, 가난해서 힘이 없었다. 유의미한 정치 세력이 아니었기에 남한 노동자들의 삶에 아무런 영향력을 발휘하지 못했다.

3% 정당에 닥쳐온 시련은 지구온난화만큼 혹독했다. 그리고 예상보다 훨씬 빨리 밀어닥쳤다. 당직자 임금이 체불되기 시작했다. '남한사회주의노동자당'이 임금체불사업장이라니. 원래 진보의 자기모순이란 씹는 맛이 쏠쏠한 법이다. 더 우세스러워지기 전에 이 상황을 모면해야 했다.

그래서 김을 팔았다. 완도 김을 오천 상자 떼어 와서 전당적으로 팔았다. 노동조합이나 시민단체 회의를 갈 때도 김을 들고 가서 팔았다. 그렇게 김을 팔아서 임금체불사업장에서 벗어났다. 팔다 남은 완도 김이 너무 많아서 그해는 내내 김만 먹었다.

그 무렵엔 점심을 밖에 나가서 사먹을 수 있는 사람도 부쩍 줄었다. 거개는 도시락을 싸갖고 다녔다. 점심시간이 되면 늘 완도 김 봉다리를 뜯었다. 밥에 싸서 먹고, 부숴 먹고,

민실장의 가정법

김 비빔밥이나 김 볶음밥을 해먹었다. 당직자들이 김만 먹는다는 소식을 들은 당원들이 먹을 것을 사오기도 했다.

한번은 붕어빵을 만 원어치 사들고 온 당원이 있었다. 모두가 좀비처럼 몰려들어서 붕어빵을 뜯어먹었다. 누군가 급하게 먹다가 붕어빵을 놓쳐서 바닥에 떨어뜨리자 모두가 좀비처럼 비명을 질렀다. 흙 묻었다고 버리려고 하니 좀비들은 한목소리로 규탄했다.

꼬리 쪽은 바닥에 안 닿았어!

흙 묻은 데만 띠고 먹어!

김제에서는 다아 그냥 줏어먹어!

지속가능성이 담보되지 않는 조직의 말로는 대개 비슷하다.

일손이 부족하니 더 많이, 더 오래 일해야 한다. 뼈와 살을 갈아넣어서 일하니 굶주리고, 아프고, 때로는 죽는다. 평균 수명이 80세를 넘어섰다는 대한민국에서 40대, 50대 중장년 활동가들이 계속해서 병에 걸리거나 죽었다. 어느 정책기획자가 이른 나이에 암으로 죽었을 때, 장례식장에 모인 사내들은 땅을 치고 울면서 이렇게 말했다.

그놈이 삼겹살에 소주를 너무 많이 먹었어. 탄 고기를 너무 많이 먹었어. 내가 말릴 걸 그랬어.

민실장은 그이를 죽인 것은 탄 고기가 아니라 과로였다고 쏘아붙이고 싶었다. 그러나 다 큰 사내들이 눈물 콧물을 흘리며 우는 모습이 처량해서 차마 내뱉을 수 없었다.

하나둘 지쳐서 나가떨어지고, 혹은 더 큰 정당으로 갔다. 그들에게 돌을 던질 수 있는 사람은 없었다. 배신자라고 낙인찍거나 손가락질할 명분도 없었다. 남한사회주의노동자당은 이제 더 이상 3% 정당이 아니었다. 지지율은 나날이 추락했다. 2%에서 1%로, 다시 소수점 아래로.

리재와 명이는 같은 사무실에서 일하기 시작하면서 점점 말다툼이 잦아졌다. 회의 자리에서도, 술자리에서도 그들은 싸웠다. 리재는 명이를 지지율에 목매는 대중추수주의자라고 몰아붙였고, 명이는 리재를 이념에 경도된 이상주의자로 매도했다. 리재는 명이가 냉소주의를 지성주의로 착각하고 있다며 공격했고, 명이는 리재가 근거 없는 낙천주의에 빠져서 현실을 제대로 읽지 못한다고 공격했다.

과로사할 줄 알았다. 자살을 하리라고는 꿈에도 짐작하

민실장의 가정법

지 못했다. 남한사회주의노동자당 사무실에서, 집회 현장에서, 기자회견장에서 리재는 늘 열정적인 활동가였기 때문이다.

민실장은 계속해서 그날로 돌아갔다. 리재가 죽기 이틀 전, 그의 목에 선명한 상흔을 발견한 날을 복기했다. 그날 그 아이를 당장 의사에게 데려갔더라면. 리재가 죽던 날로도 돌아갔다. 군포에서 열릴 회의 같은 건 없다는 것을 알았을 때 리재에게 전화했더라면. 갓길에 차를 대고, 차문을 열고, 뚜벅뚜벅 걸어 나오라고, 그 자리에 꼼짝 말고 있으라고, 내가 그리로 가겠다고, 그 아이를 설득했더라면.

차 안에 시큼한 물김치 냄새가 퍼지고 있었다. 김치통을 제대로 닫지 않고 뒷자리에 실었나 보다. 명이의 집 앞에 도착했을 때 민실장은 엎질러진 물김치 통을 주섬주섬 챙겨들고 계단을 뛰어 올라갔다.

전화를 수십 통 걸고 초인종을 수십 번 누른 끝에 명이가 눈을 비비며 현관문을 열었다. 시큼한 냄새가 풍기는 쇼핑백을 보고 명이는 허허 웃는다.

실장님, 나 자고 있었어. 괜찮아. 나 안 죽어. 그리고 나 물김치 안 먹는다니까.

민실장이 현관을 들어서는데 묵직한 쇼핑백이 발치에 걸렸다. 남자 옷가지와 책이 한가득 들어 있는 쇼핑백을 한참 보다가 민실장은 말했다.

　　명아, 너 나랑 군포 갈래?

민실장의 가정법

군포화력발전소

　오, 남한사회, 거시기당에서 왔어요? 반갑소, 이쪽으로 와서 앉아요. 난롯불도 쬐시고. 많이 춥지요?

　중앙당 김국장은 잘 지냅니까? 얼굴 못 본 지 꽤 됐네요. 그 녀석 여기서 밤샌 다음 날이면 콧물 찔찔 흘리는 꼴이 아주 가관이었어. 어떻게 그놈 오는 날에만 비가 그렇게 쏟아졌나 몰라. 겨울엔 눈도 내렸어, 그놈 오는 날만 골라서. 이보시오, 만성비염도 산재 아닙니까? 김국장 녀석, 노동부에 산재 신청해도 당신들 할 말 없어. 각오 단단히들 하시구려. 껄껄껄.

오늘로 천막 농성 600일째요. 뭐, 씻는 건 쩌어기 앞에 지하철 화장실 가서 씻고. 추울 땐 발전기 돌려서 전기난로에 손 쬐고. 밤에는 전기장판도 켜고 잡니다. 그래도 올겨울은 양반이오. 작년 겨울엔 이불을 두 채씩 껴안고 자도 뼈가 시려서 잠을 잘 수가 없었으니까. 동지들은 이런 말 싫어하겠지만 우린 지구온난화가 고맙고 반갑소. 뭐……, 뭐요? 혹한도 지구온난화 때문에 오는 거라고? 이런, 니미. 그러면 지구온난화는 안 되지. 안 되고말고.

지났으니 하는 얘기지만 사실은, 나 쩌번 대선 때 거기 안 찍었소. 민주당 찍었지. 어어, 나만 그런 줄 알아? 여기 사무국장도 민주당 찍었다구. 껄껄껄. 너무 서운해 마시오. 그래도 노조 하기 전에는 내가 공화당 지역사무장까지 했던 놈이오. 우리 어머닌 박정희 뒤진 다음 날 시청 앞에 가서 땅을 치고 우셨던 분이라고. 그런 집구석에서 자랐는데 아, 뭘 더 바래. 그래도 장족의 발전 아닙니까, 우리 집안에서 선거 때마다 공화당 안 찍는 놈은 나 하나뿐이라오.

민주당을 왜 찍어줬냐고?

우리 노조가 기자회견 하고 천막농성 할 때마다 최영옥이가 와줬으니까, 최영옥이가 있는 당이라서 찍어주는 거요.

군포화력발전소

여기 코빼기라도 내비치는 국회의원이 최영옥이 말고 더 있는 줄 아시오?

600일 동안 여기 주질러 앉아 있다 보면 온갖 인간 군상을 다 보거든. 근데 말이오. 머리 검은 짐승이라고 다 사람은 아닙디다. 우리가 못 배우고 못 살아도 사람 냄새는 귀신같이 맡을 줄 아오. 최영옥이가 그랬고, 거기 당에 김국장이 그랬지. 보고 싶구먼. 다음에 올 땐 김국장도 데리고 오시구려. 막걸리나 한 사발 멕이게.

근데 그 당명은 좀, 바꿀 마음들이 전혀 없는 게요? 김수한무거북이와두루미, 도 아니고 도대체 당 이름을 그따위로 지어서 뭘 어쩌겠다는 거요. 남한, 사회주의, 노동자, 당이라니. 이름부터가 글러먹었어. 적화통일 하잴까 봐 겁나서 누가 찍겠소? 줄여서 부르긴 하오? 남사당이오, 아니면 남로당이오?

나 사실은 딱 한 번 진보정당에 가입한 적이 있소. 벌써 10년도 훨씬 전에 있었던 일이오. 하여튼 그때도 빨갱이 놈들, 무지하게 싸워댔다고. 그런데 대한민국에서 내로라하는 빨갱이들을 모조리 모아서 한 당을 만들자고 하니 어떻게 됐겠소. 군사독재 시절에 땅 밑에 숨어서도 복작복작 싸우던 냥반들을 다 비벼 넣은 것 자체가 기적이지, 지금 생각해보면.

문제는 그 처음 보는 연합전선을 뭐라고 부를 거냐는 거였소. 그 당 이름 짓던 날 거기에 나도 있었소. 징한 놈들, 2박 3일을 잠 안 자고 싸우데. 혀를 뽑겠다는 듯이, 네놈들 입을 다 꼬매버리겠다는 기세로 싸우더군. 그래도 머리끄덩인 안 잡았소, 그땐.

처음엔 스무 개쯤 나왔어, 당명 후보작이. 난 이름도 처음 들어본 군소정파까지 다 모인 자리였으니까. 그랬다가 열두 시간쯤 지나서는 두 개가 남았지. 통일하자는 사람들은 '민족통일당' 하쟀고, 노동자혁명 하자는 사람들은 '사회주의노동자당'으로 가쟀지. 난 몰라, 무식해서 그런지 이쪽 말도 맞고 저쪽 말도 맞고 뭐, 다 맞는 것 같애. 근데 씨발, 아무 이름이나 빨리 정하고 집에 보내줬으면 좋겠는데 계속계속 싸우는 거여.

잠도 오고 짜증도 나고, 나처럼 노조에서 온 무식쟁이들은 '아이고 니미, 원래대로 그냥 따로 살아라' 하고 박차고 나갈 지경이 됐지. 창당대회가 물거품이 될 뻔했다고. 그러니까 교수 나부랭이들이 보다못해 중재에 나섰어. 민족통일당에서 '민족' 떼고, 사회주의노동자당에서 '노동' 떼서 둘이 갖다 붙이면 되지 않겠냐는 거였지.

그랬더니 이번에는 '민족노동당'이랑 '노동민족당'을 놓고 열두 시간을 또 싸우네? 징한 놈들, 징그럽게 징했어. 그렇게 2박3일 만에 당명을 정했어. 누가 이기긴? 우리가 다아 알던 그 당명이었지, 뭐. 나 그때 이후로 무슨무슨 당대회, 무슨무슨 회의, 두 번 다시 안 갔소. 에이, 벼락 맞아 뒈질 놈의 빨갱이 새끼들.

그 당 쪼개질 줄 진작에 알고 있었소. 아, 배 띄울 때부터 폭탄을 안고 출발했는데 그게 어떻게 옳게 가아? 그러면서 또 합치긴 왜 합친대? 1년도 못 가서 도로 쪼갤 거면서. 하여튼 난 정당이니 뭐니 두 번 다시 들어갈 생각 없으니 당원가입서 들이밀 생각은 하덜 마시오. 여기 그런 종이 쪼가리 들고 왔다가 지청구 듣고 쫓겨난 놈이 한둘이 아니니.

죽은 새끼 얘긴 왜 꺼냅니까.

그래, 내가 리재를 마지막으로 봤소.

근데요. 왜요. 뭐, 내가 뭘 어쨌길래. 나 때문에 리재가 죽었다, 이거요? 흥, 마음대로 생각해요. 하지만 한 가지 분명히 알아두시오. 그 새끼 당신들이 생각하듯 그렇게 좋은 놈은 아니었어. 좋은 놈이 어떤 놈이냐고? 끝까지, 끝까지 우리와 같이 갈 동지요. 그러려면 나약해선 안 되지. 강한 놈. 오래가는 놈이 좋은 놈이오.

6년 전이었나, 리재 그놈이 여기 발전소에서 일할 때 예전 위원장을 참 많이 따랐거든. 명우라고. 사람들 모아서 처음 노조를 만들었던 초대 위원장이오. 난놈이었지. 카리스마도 있고, 머리도 좋았고. 와이프가 애들 데리고 도망갔을 때까지만 해도 근근이 버텼거든. 그런데 공장 점거농성 때문에 회사에 덜미를 잡혔어. 손해배상 청구 당하고 월급에 차압 들어오면서 이 자식이 정신줄을 놨어. 애들 양육비를 못 주게 되니까. 결국 떠났지. 지금 여기도 보시오, 처자식 없는 사람들만 남았잖소.

리재 그놈도 그래. 그 녀석이 노조에 처음 합류했을 때 젊은 녀석 하나 잘 키워보려고 우리가 얼마나 애를 썼는지 아시오. 5년 뒤, 10년 뒤에 위원장 시켜도 될 만한 재목이 들어왔다고. 빠릿빠릿했거든. 요즘 젊은이답지 않게 됨됨이도 있고.

한번은 들어온 지 얼마 안된 신입 녀석 하나가 새벽에 근

군포화력발전소

무 서다가 졸았어. 발전소 일이란 게 원래 좀 많이 험해요. 황천길 가기 딱 좋다고. 졸다가 죽고, 컨베이어 벨트에 옷자락 말려들어가서 죽고. 그렇게 죽는 놈이 한둘이 아니라고.

예전에 2인1조로 일하던 시절에는 옆 사람이 비상정지 버튼이라도 누를 수 있었지. 그런데 사측이 인건비 아낀답시고 1인 근무체계로 바꿔버렸거든. 리재 그놈이 신입 녀석 챙기겠답시고 일찍 교대해주러 갔기에 망정이지. 컨베이어 벨트 앞에서 이놈이 졸고 있는 걸 보고 기함을 한 거야.

그때 이후로 리재 놈이 생각이 많아졌어요. 어느 날엔가 술 먹으면서 그러더라고. 밑에서 다아 속수무책으로 뒤져버리기 전에 윗대가리들을 바꿔야 된다고. 법을 만들고, 제도를 고쳐야 된다고.

난 사실 그 새끼가 그런 얘기 꺼낼 때 마음 돌아섰소. 아, 이 새낀 떠날 놈이구나. 끝까지 같이 갈 놈이 아니구나. 그러고 얼마 안 있어서 댁네, 그, 이름 긴 당에 당직자로 들어갔다지요.

죽은 새끼 얘긴 고만하고, 술이나 드시오.

지금 호텔에서 일한다고 했던가요? 호텔 일도 만만찮지

요. 그쪽은 대형 호텔이 아니고서야 노조 같은 것 만들기란 쉽지 않아요. 일단 쪽수부터가 부족하니까. 최저임금, 그런 걸 아직도 믿어요? 흥, 당신도 대학 나왔나 보구려. 노조 따위 만들 생각은 애저녁에 버려요. 박근혜만, 사장 새끼만 괴물인 줄 압니까. 바닥을 보고 싶지 않으면 노조 같은 건 꿈에도 생각지 말아요. 지옥을 맛보게 될 테니까.

여기 길바닥에 천막 치고 앉아 있노라면 숱하게 손가락질을 받습니다. 차라리 그 시간에 다른 일자리를 알아볼 것이지 왜 그 지랄이냐고. 난 뭐 그런 생각 안 해본 줄 아시오. 나도 사람이오. 여름이면 에어컨 나오는 사무실에서 퍼뜩 일 끝내고 에어컨 나오는 집에 가서 발 뻗고 자고 싶어요. 겨울에는 뜨끈한 아랫목에서 등 지지고 누워서 따숩게 자고 싶다고.

근데 개새끼들이, 사람이 죽어나가도 괜찮은 줄 알잖아. 사람 함부로 잘라도 되는 줄 안다고. 그게 싫어. 존나게 싫다고. 흥, 그런 거 존나게 싫은 우리 같은 놈들도 이제 몇 안 남았소. 이 나라에서 노동운동은 이제 끝났어.

근데 말이오. 우리 같은 미친놈들마저 다 잘리고 쫓겨난 뒤에는 어떤 일이 벌어질 것 같소? 난 벌써부터 두려워요. 비상 버튼을 눌러줄 동료도 없고 안전 펜스도 없는 채로 지금

군포화력발전소

도 컨베이어 벨트가 돌아가고 있다고, 저 안에서는. 그래, 리재가 그 이름 긴 당 들어가서 무얼 바꿨소? 법을 바꿨소? 하다못해 국회의원이라도 하나 맨들었소?

난 그냥 술이나 한잔 사주고 어깨나 토닥이고 보내려고 했다고. 근데 이 새끼가 자꾸 명우 얘길 꺼내잖아. 그냥 잘 지낸다고, 처자식 다시 만나서 잘 먹고 잘 산다고, 아무리 얘길 해줘도. 명우 형도 불러서 한잔 하자고 흰소릴 자꾸 하잖아.

내가 그날 많이 취했어요. 취해서 그랬어. 명우 형 뒈졌다고, 이혼당하고 빈털터리로 공사판 떠돌다가 뒈졌다고. 원룸 방에서 혼자 뒈졌는데, 한 달 뒤에야 곤죽이 다 된 채로 발견이 돼서. 유족들이 차마 확인도 못했다고.

그날 내가 좀 많이 마셨어요. 씨팔, 자꾸 말이 헛나오더라고. 너는 씨팔, 대학도 나왔잖냐고. 너는 돌아갈 데가 있는 사람이지만, 우리는 더 이상 갈 곳이 없다고. 너는 이름 긴 그당에 들어가도 되고, 번듯한, 에어컨 틀어주는 회사에 취직을 할 수도 있겠지, 씨팔, 넥타이 매고, 지하철 타고 출근하는, 그런 회사. 그런데 우리는 돌아갈 곳이 없다고. 이 빌어먹을 발전소 말고는 없다고.

리재가 뭐랬냐고요. 뭐랬냐니. 그걸 왜 나한테 물어요.
내 탓이라 이겁니까. 내가 왜. 내가 뭘 어쨌길래요. 씨팔, 왜
나한테만 지랄이야! 왜, 다들, 나한테만 이래! 내가 뭐얼! 어
쨌, 다고.

엄마가
산다

어서 오세요, 이게 그 가방인가요.

어이쿠, 무겁네요. 리재가 이렇게 많은 짐을 명이 씨 집
에 부려놓았던가요. 책도 있고. 옷도 있네요.

마음을 그곳에 둔 것이죠. 아마 리재는 명이 씨를 많이
좋아했나 봐요. 세간살이의 무게는 곧 그 공간에서 비로소
위안받고 평안했을 마음의 무게이기도 할 테니까요. 사무실
맞은편에 있던 리재의 원룸은 그래서 치우기가 쉬웠어요. 리
재 물건이랄 게 별로 없었거든.

여긴 내 엄마, 그러니까 리재 외할머니의 집이에요. 리재

는 이 집에서 20년을 살았어요. 좀 정신이 없지요. 아직 많이 못 치웠어요. 2년이 지났는데도 뭘 많이 버리질 못했어요. 티셔츠 하나를 버리려다가도 한참 만지작거려요. 사람이 살다 간 방 하나를 치운다는 건 그 사람의 생을 치우는 일이니까요. 어쩌겠어요. 그러려니 해야지요.

그래서 이해해요. 진작 연락을 하지 그랬어요. 싱거운 아가씨구나. 이리 주세요, 내가 또 한참 만지작거리다 버리면 되지요.

나도 명이 씨한테 줄 것이 있어요. 여기 이 사진, 리재 오른쪽에 있는 사람이 명이 씨 맞지요? 언젠가 얘기를 들었어요. 아마 그 당에서 처음으로 구의원이 당선되던 날이었다죠. 명이 씨 웃는 얼굴에서 빛이 나네요. 젊다는 것, 그리고 무언가에 미친다는 건 그런 거죠.

그거 알아요? 두 사람 오누이 같아요. 닮았어. 이 사진 봐요. 너무 웃어서, 눈도 없어지고, 입도 함박 벌어지고, 참 못생겨진 얼굴. 얼굴들. 나는 이 사진을 보면서 두 사람이 참 닮았다는 생각을 했어요. 리재는 아가씨를 많이 좋아했을 겁니다. 아가씨도 그랬나요. 그랬으면 좋겠네요.

엄마가 산다

그랬군요. 엄마를 증오한 리재와 아버지를 미워한 명이 씨가 만나서 연애를 했던 거군요. 그리스 비극도 이보다 섬뜩하지는 않았겠어요. 그렇죠?

그러니까 두 사람은 다른 듯 닮은 이란성 쌍둥이였군요. 서로에게서 구원을 갈구하고, 좌절당하기를 반복하는 비련의 주인공들. 그게 하나도 아니고 둘씩이나 등장했으면. 그래요. 아마도 둘의 연애는 아귀처럼 끝없이 굶주리고, 서로를 뜯어먹는, 상호결핍의 관계로 치달았을 개연성이 높지요.

얄궂지만 그런 게 인생이지요. 실제로 어떤 연애는 구원이 되기도 해요, 비참한 영혼을 막장으로부터 끌어올릴 때가 있으니까. 그런 흔치 않은, 복된 인연도 가끔은 있습니다. 그러나 대개의 인간은 생불이나 성모 마리아가 아니며 일방적인 의존과 수혜로 유지되는 연애는 지속가능하지 않지요.

명이 씨, 이것 하나만 우리 기억하기로 해요. 불행에 최적화된 인간 따위 애초 존재하지 않아요. 발 딛는 걸음걸음마다 지뢰가 터지고 번개가 내리꽂히는, 그런 불운한 인간이 존재할 가능성은 희박하지요. 모든 불행이 한 사람에게 다 몰릴 확률은 한 사람만 로또 1등을 열 번 맞을 확률만큼이나

엄마가 산다

제로에 가깝지 않겠어요? 물리계와 마찬가지로 이 세상의 불행과 행운에도 질량보존의 법칙은 작용하거든.

그러니까 알코올중독자 아버지의 아들이 알코올중독자가 되거나, 딸이 알코올중독자 남편을 만나 두들겨 맞고 사는 건 불행한 사람들끼리 염력 따위가 작용하기 때문이 아닙니다. 알코올중독자 아버지가 조용해지면 다른 식구가 사고를 치기 때문이지요. 왜냐고요. 그렇게 해야 불행한 집구석의 '디폴트 값'이 유지되니까요. 불행에 중독된 사람들은 불행하지 않은 상황을 견디지 못하거든요.

불행에 최적화된 비운의 주인공들이 궁극적으로 염원하는 유토피아는 폐허 그 자체 아니겠어요? 마치 알코올중독증이 유전자에 각인된 듯 알코올중독증의 순환회로를 벗어나지 못하는, 불행한 집구석 같은 폐허. 그리고 그 안에서 우리는 무엇을 하건 무죄입니다. 실패해도, 무너져도, 불행해져도 내 탓은 아니지요. 불행 탓이지.

진정으로 행복을 꿈꾸게 되면, 그때쯤이면 다시 연애를 해도 불행해지지 않을 거예요. 그러니까 마음의 소리에 귀를 기울이고 있자구요. 내가 진정으로 행복해지고 싶은가. 이제 폐허의 유토피아를 버릴 때가 되었나. 가만히 스스로를 기다려주는 거예요. 언젠가 그날이 꼭 올 겁니다. 서로에게 한 발 더 다가가고 대상에 자신을 비추어도 보고, 그러다 어느 날엔가 상대의 영혼 어느 언저리를 살짝 들여다보게도 되는 연애. 그렇게 인간에 대한 이해의 폭과 깊이를 더하는, 서로를 키우고 성장시키는 연애. 그런 연애를 할 준비가 되는 날이요.

그 연애, 나랑 할래요? 후후훗. 나도 아직은 팔팔한 싱글이랍니다. 우리 둘 다 남자를 좋아하는 이성애자라는 것이 참으로 유감이네요.

알고 있어요, 그 아이가 나를 뭐라고 불렀는지. 처음 들었을 때엔 좀 얼떨떨했습니다. 리재의 외할머니, 그러니까 내 엄마가 하루는 묻더라고요. '개량'이 무슨 뜻이냐고. 무슨 뜻이길래 리재가 너를 개량이라고 부르냐고.

리재가 혹시 아버지에 대해 얘기한 적이 있던가요? 아마 없었을 겁니다. 그 아이도 잘 몰랐을 테니까요. 몰랐으니 날더러 '개량'이라고 욕을 했겠지요. 피식.

그 시절은 민주화운동을 하건 노동운동을 하건 그냥 다 '간첩'이었습니다. 간첩으로 감옥에 가거나 아니면 간첩으로 의문사를 당했죠. 남편과 나는 노동운동을 했습니다. 그리고

엄마가 산다

수배자였죠. 우리가 잠입해 들어갈 만한 공단마다 수배전단이 나붙어 있었어요. 신발공장에서 노조를 조직하다가 들통이 났거든요.

혼인신고는커녕 두 아이의 출생신고도 못하고 숨어 살았어요. 그런데 어느 날 남편이 실종되었습니다. 보름 뒤에 인천 부둣가에서 변사체로 발견되었고요. 고문을 당한 흔적이 역력했지만 어디로 끌려가서 누구한테 맞은 것인지 아무런 증거가 없었어요. 그땐 그런 일이 흔했습니다. 그런 시대였지요.

남편이 죽었을 때 나 잠깐 그런 생각, 했어요. 나도 그만 죽어버릴까. 아이들을 재워놓고 미친년처럼 바닷가로 달려간 적이 한두 번이 아닙니다. 분하고, 억울했고, 그리고 그 사람이 너무나 그리웠습니다.

천금 같은 자식들이 있는데 어떻게 죽느냐, 그런 소리를 하는 사람은 인간에 대한 이해의 폭이 딱 그만큼인 겁니다. 나도 사실은 그때까지는 몰랐어요. 사람이 정신줄을 놓으면 눈에 들어오는 것이 없다는 것을. 아이든 부모든. 아무것도.

세상에는 여자의 머리카락만큼 모성이 가지각색입니다. 단 하나의 통일된 모성 같은 건 없어요. 아마 아이 목숨을 구하려고 불길로 뛰어들 수는 있을 겁니다. 아이를 위해 내 죽음을 자처할 순 있어요. 하지만요. 나는 아이가 있어서 죽지 못하는 여자는 아니었습니다.

엄마가 반드시 있어야 아이들이 살고, 엄마가 없으면 아이들도 못 사나요. 그건 모성신화가 만들어낸 오만이에요. 그런 비뚤어진 신화가 아이를 죽이고 자기도 따라죽는 끔찍한 엄마를 만들어내지요.

내가 살기로 결심한 것은 두 아이 때문이 아닙니다. 오롯이 남편 때문이었지요. 남편을 누가 죽였는지 나는 압니다. 그런데 나마저 죽어버리면 그자들은 손 안 대고 코 푸는 격 아니겠어요. 그래서 나는 보란 듯이 살기로 했어요. 살아서 통쾌하게 복수하겠다고.

그래서였을 거예요. 두 아이를 내 부모의 호적에 올리고 다시 세상으로 나갈 수 있었던 것은. 그러니까 나는 죽은 사람을 위해 산 겁니다. 내 아이들이 앞으로 살아갈 세상을 위해서? 아니요. 그건 선거 공보물에 쓰는 문구일 뿐입니다.

이해가 되지 않을 수도 있어요. 그래요. 세상이 바라는 모성은 그런 것이니까요. 남편을 닮은 아이들을 돌보며 아이

엄마가 산다

들로부터 위안을 받고 아이들을 위해 살아가라고, 세상은 과부에게 그렇게 독려합니다.

하지만 난 그러지 않았어요. 나에게는 모성보다 내 동지의 못다 핀 삶이 우선순위였습니다. 말했잖아요, 죽음과 모성은 별개라고요. 어떤 사람에게는 우정이, 동지애가 모성을 앞서기도 합니다. 인간의 삶은, 그리고 삶의 결이란 단일하지 않습니다. 당연한 것 아닌가요. 다른 사람의 이해를 바라지는 않습니다.

시민단체에 간사로 들어가게 되었을 때도, 민주당이 비례대표 출마를 제의해왔을 때에도 나의 생각은 한결같았어요. 한 치도 망설이지 않았습니다. 고위공직자의 비리를 밝혀내고, 최저임금을 의제화하고, 무상급식을 이뤄냈잖아요. 그럼 된 겁니다. 내가 살아서 이 세상이 한발 더 나아가면 그게 통쾌한 복수라고 여겼어요. 계속 그렇게 살아왔고 앞으로도 그렇게 살아갈 겁니다.

그런데 아이가 죽는다는 건요. 그래요. 그렇지요. 죽음과 모성은 실로 별개의 문제였습니다.

리재가 죽고 나서도 나는 살아야겠다고 결심했으니까

요. 결심, 이라. 그게 결심인지 문득 의심스럽군요. 내가 살겠다고 다짐을 하고 결정을 한 걸까요? 따져보면 그건 아닌 것 같습니다.

리재는 나 때문에 죽은 게 맞아요. 모든 것으로부터 버림받았을 때 돌아갈 수 있는 단 하나의 언덕, 그게 나였기 때문에 리재는 죽은 것이지요. 절대로 돌아가고 싶지 않은 곳 하나밖에 남지 않았을 때 사람은 어디로 가야 할까요.

그 아이를 벼랑 끝으로 내몬 것은 나예요. 그리고 내가 리재를 죽이고, 내 배로 낳은 내 아이가 죽었는데, 내가 죽어버리는 건요. 너무 쉬워요. 너무 쉽고, 가볍죠. 그래서는 안 된다고 생각했어요.

그리고 그게 리재를 위하는 길이 맞아요. 당신들은 10년이 지나고 20년이 지나면 리재를 잊을 거예요. 그건 자연스러운 겁니다. 죄스러워하지 말아요.

하지만 나는 그 아이를 기억해야지요. 기억하고 슬퍼할 사람이 한 명쯤은 있어야 리재가 덜 가엾지 않겠어요. 그래서 난 그냥 살기로 했어요.

명이 씨는 명이 씨 몫의 삶을 살아요. 리재의 몫 따윈 신경쓰지 말아요. 자기 몫의 삶을 제대로 사는 것도 그리 쉬운

엄마가 산다

일이 아닙니다. 하다하다 저엉 안 되면, 그냥 대충 살아요. 그러면 또 어떤가요. 나는 이제야 그걸 깨달았어요.

Ⅲ.

체크아웃

늙은 백조는
과로사한다

날이 점점 더워지고 있었다. 드림초콜릿의 창문들은 하나같이 손바닥만 했고 단열이 아주 잘 됐다. 그리고 객실에 설치된 에어컨들은 또 하나같이 끔찍한 아우라를 뿜어냈다. 노태우 대통령 시절에 설치된 것만 같은 저 고물들이 도대체 작동을 하긴 하나요? 내가 묻자 지배인은 씨익 웃었다. 다음 달이면 알게 될 텐데 뭘 그런 걸 굳이 물어. 눈으로 직접 봐아, 어떤 일이 벌어지는지.

전조는 일찌감치 시작되었다. 객실에 들어앉아서 대체 뭣들을 하는지 꽃피는 춘삼월부터 에어컨을 켜달라고 아우성치는 것이다. 그때마다 지배인은 최대한 죄송하고 송구스러운 목소리로 "빠른 시일 내에 프레온 가스를 주입하겠습니다" 하고 양해를 구한 다음 수화기를 내려놓으며 중얼거렸다. 물론 가스를 넣는다고 해서 다 켜지는 건 아니다아.

나는 객실 문짝 때문에 몇 달째 오지게 당하고 있는 일들을 새삼 떠올렸다. 도대체 내 앞에 또 어떤 불행이 닥쳐오고 있는가. 이 역시 규모가 가늠이 안 된다. 어뜩하지어뜩하지. 미천한 호텔 캐셔 따위가 발을 동동 구르거나 말거나, 세월은 무심히 흘러서 기어이 여름이 왔다. 그리고 너무 일찍 왔다.

기후 변화는 제주도에 파파야 농사를, 울릉도에는 오징어 흉년을, 그리고 이 썩어가는 호텔에는 투숙객들의 민란을 불러일으켰다. 프런트 전화기에 불이 나다 못해 활활 타오를 지경이었다. 기후 변화가 인민들의 삶에 이토록 큰 시련일 줄 알았다면 남한사회주의노동자당이 집권해서 전 국토의 에너지 전환을 이룩하는 데 내 생애를 바쳤을 것이다, 이런 배라묵을 호텔에 취직하는 대신에.

5월 말인데도 기온이 30도를 넘어선 지난 토요일, 객실 다섯 개가 불가마찜질방이 됐다. 프레온 가스를 넣고 또 넣어도, 필터를 닦고 또 닦아도 에어컨에서 뜨거운 바람만 훅

혹 나왔다. 죽을 듯 안 죽던 고령의 에어컨들이 하나둘 사망하기 시작한 것이다. 손바닥만 한 창문을 열어젖혀 봤자 바람은 들지 않는다. 찜질방이 된 객실 다섯 개에서 하루 종일 손님들의 항의가 빗발치자 지배인은 직원들을 총집결시켰다.

자아, 지금부터 여름맞이 에어컨 고장 대응법 교육을 실시한다. 현재 303호, 701호, 그리고 11층 세 개 전부 다 에어컨이 사망한 것으로 현저히 의심되는 상황이다. 이 다섯 개는 맨 나중에 팔도록. 해 넘어가고 선선해진 뒤에. 수리 기사는 월요일에 올 거야. 안 올 수도 있고. 지금 전국에서 에어컨 수리 요청이 빗발치고 있거든. 기사가 와도 고친다고는 장담 못 해. 죽은 애들을 어떻게 살려내냐? 예수님도 아니고. 손님들이 많이 지랄할 거다. 각오들 단단히 하고, 프런트에서 의연하게 잘 좀 대처해 봐. 참고로 다른 방도 좀 아슬아슬한 데가 몇 군데 더 있다. 에어컨이 안 나온다고 전화가 걸려 오잖아? 그러면 전원 켜고 10분쯤 기다려보세요, 하고 일단 끊어. 10분 뒤에 다시 전화가 오잖아? 그러면 그 방도 에어컨이 죽은 게 맞아. 방 바꿔달라고 하면 바꿔주고. 환불해달라고 하면 빨리 환불하고 쫓아내. 제일 바보 같은 놈들은 10분만 기다리랬는데 두 시간 앉아 있다가 도망 나오는 놈들이야. 그

늙은 백조는 과로사한다

런 애들은 화도 잘 안 내. 온몸에 땀으로 범벅이 돼선, 도저히 잠을 잘 수가 없어요, 환불할 수 있을까요, 아주 공손하게 묻는단 말이야. 당연히 환불해주지. 왜 안 해주겠어. 그냥 환불 받고 딴 호텔을 가면 될 걸 왜 두 시간씩 에어컨 고장 난 방에서 사우나를 하고 앉았냔 말이야. 올여름에도 한번 봐봐라, 그런 사명당 같은 인간들 꼭 하나씩 나온다아. 분명히 뜨거운 바람만 훅훅 나올 건데, 참더라고. 그것두 아침까지. 사방에 얼음 빙(氷) 자 써붙이고 자는 건지. 원래 열이 많은 체질인지. 거, 뭐라 그르냐, 태양인이냐. 몰라, 알 수가 없어. 착한 사람들만 늘 이렇게 당하고 산다고. 세상사가 원래 좀 그래. 느이들은 그렇게 살지 마라. 사람이 좀 못돼먹어야 잘 살아.

　호텔은 주말 장사다. 주말에는 어느 호텔이나 방이 없어서 못 팔기 때문에 부르는 게 값이다. 특별가 예약도, 대실 예약도 받지 않는다. 그런 거 안 해도 만실이다. 그리고 만실이어야 한다. 토요일에 만실을 채우지 못하면 지배인 이하 전 직원이 박사장한테 '병신' 소리를 듣는다. 3월엔가, 눈앞에서 그 소리를 처음 들었을 때 귀를 의심했다. 저 도박중독자 새끼가 처돌았나……. 그러나 시간이 흐르면서 박사장의 처지도 별반 다르지 않다는 것을 알게 됐다. 토요일 매상을 제대로 올리지 못하면 주중의 적자를 메우지 못한다. 그러면 박 사장이 양회장에게 불려가서 병신 소리를 듣는 것이다. 그래도 그렇지, 병신이라니. 병신이라니 이 타짜 새끼야.

예년보다 훨씬 일찍 시작된 그해 여름의 첫 토요일, 만실을 채우기 위한 생체 실험이 이곳에서 벌어졌다. 21세기의 사명당을 가려내는 인간 생체 실험이. 에어컨이 사망을 했든 말든, 빈방이 나올 때마다 무조건 손님을 밀어 넣었다. 뛰쳐 나오면 환불해주고. 그 방 청소해서 다시 팔고. 또 뛰쳐나오면 또 환불해준다. 다시 청소해서 팔고. 이 짓을 서너 번 반복한 끝에 새벽 4시, 드디어 쉰한 개 객실을 모두 채웠다. 만실이었다. 하아, 시발.

그 악몽 같은 주말을 보내고 나서 나는 주말 공포증이 생겼는데, 나 말고는 아무도 개의치 않는 것이 더욱 그로테스크했다. 한번은 점심 먹으러 식당에 올라갔다가 박사장과 겸상을 하게 됐다. 작정을 하고 물어봤다. 사장님, 아니 아저씨, 고장 난 에어컨 교체 좀 해주심 안 돼요? 저런 거지같은 방을 계속 팔면 장기적으로 봤을 때 호텔 평판만 나빠지잖아요. 그러면 수익 창출에도 악영향을 미치지 않을까요? 친(親)자

늙은 백조는 과로사한다

본주의적 논리로 설득을 했음에도 불구하고 박사장은 코웃음을 쳤다.

　매년 여름마다 해왔던 일이야. 여긴 늘 그랬다고. 아니 그렇다고 방을 안 채울 거야? 만실은 채워야 될 거 아냐. 에어컨 고장 난 방은 새벽에 팔아, 새벽에. 하도 지랄들 해서 내가 들어가서 자봤어. 2시 넘어가니까 참을 만하더라. 가만─히 마음을 비우고 누워 있으니까 안 덥더라고. 2시 지나면 잘 수 있어. 괜찮아. 그리고 술 먹은 놈들은 술이 안 깨서 더운 거라고 생각할 거야. 걱정 마, 괜찮아.

　괜찮지 않았다. 이용 후기 게시판이 악플로 도배되기 시작했다. 에어컨이 안 켜져요. 저 호텔 미쳤어요, 이런 불볕더위에. 님은 에어컨을 켰어요? 저희는 안 켰어요. 에어컨 안쪽을 무심코 들여다봤는데 너무 끔찍해서요. 저걸 켜고 잤다간 병 걸릴 것 같아요. 와, 님들은 방에 전원이 들어왔나 보네요. 저희 방엔 키홀더에 열쇠 꽂아도 방에 불이 안 켜져요. 어떤 여자가 올라와서 손을 덜덜 떨면서 고쳐주고 갔어요. 여러분, 문이 잠기던가요? 여기는 문이 안 잠겨요. 근데 방을 안 바꿔주네요. 저 호텔 가지 마세요. 저 호텔 미쳤어요. 건너편에 굿드림호텔 가세요, 거기가 훨씬 좋아요.

저주에 가까운 후기들이 우르르 올라왔다. 그러면 프런트 직원들이 전원 온라인으로 출동했다. (차대리) 에어컨 완전 시원해요. 자다가 얼어 뒤질 뻔했어요. (나주임) 직원들도 엄청 친절해요. 신라호텔 온 줄 알았어요. 이런 소규모 호텔이 그러기가 쉽지 않은데 말이죠. 서울시내 베스트 호텔이에요. (박사장) 뽑기 이벤트도 아이디어가 신박하지요. 저희는 무료 숙박권 땄잖아요. 다음 주에 또 갈게요.

실이용자들의 분노는 스크롤 한참 아래에 묻혔다. 직원들의 충성도가 높아서가 아니다. 인터넷까지 장악한 투숙객들의 민란에 박사장이 재빠르게 내놓은 대응책이었다. 그리고 박사장의 업무 지시는 거기서 끝나지 않았다.

기후 변화가 밀어닥치고, 설상가상 굿드림호텔이라는 강력한 경쟁자가 건너편 건물에 들어오면서 드림초콜릿의 매출은 급감했다. 그러나 이 낡아빠진 호텔은 꾸역꾸역 버텼다. 호텔 업계에서 수십 년을 굴러먹은 박사장은 드림초콜릿에 불어닥친 위기를 넘기기 위해 영혼까지 박박 긁어서 마케팅 수완을 발휘했다. 빈방은 당일 특가로 반값에 후려쳤다. 사진 후기를 두 개 이상 올리면 무조건 무료 숙박권을 지

늙은 백조는 과로사한다

급했다. 각종 이벤트를 남발해 손님을 끌어모았다. 박사장은 밥 먹고 잠잘 때 빼고는 하루 종일 이벤트만 만드는 사람 같았다.

월말이 되면 '이달의 최우수 리뷰'도 선정했다. 지난달에는 '초콜릿뿜뿜' 님이 영예의 1위를 차지했다. 박사장은 초콜릿뿜뿜 님의 명문을 직접 출력해서 직원들한테 나눠줬다. 야, 느이들도 한번 읽어봐라. 아니 무슨 숙박업소 이용 후기를, 신춘문예 공모하듯 이렇게 정성들여서 쓴다냐. 아침에 읽다가 울 뻔했다야, 감동 먹어서. 느이들도 좀 이렇게 써보란 말이야, 이렇게 성의 있게 좀. 그날 조회가 끝날 때까지 나는 입을 꾹 닫고 한마디도 하지 않았다. 사장님, 초콜릿뿜뿜은 접니다, 저 나주임이에요. 무료 숙박권은 거절하겠습니다, 사장님이나 가지세요. 저는 이 호텔에서 자고 싶은 마음이 1도 없습니다.

박사장이 새로운 이벤트를 개발하고 또 개발할 때마다 지배인은 혀를 찼다. 무덤을 파는구먼, 저러다 망하는 호텔을 내가 한두 번 본 줄 아나. 제 살 깎아먹는 짓이라고. 지배인의 우려와 달리 결과적으로는 단골을 확보했고 옆집의 개업에 따른 초기 리스크는 극복했다. 그러나 위기를 최전방에서 막아내고 박사장의 수많은 이벤트들을 수행하느라 뼈와 살을 갈아 넣은 것은 직원들이다. 프런트에서는 돈 받고 키 주는 본연의 임무 외에 온갖 이벤트와 할인가와 마일리지를 소개하며 길고 긴 호객 절차를 수행해야 했다. 청소팀은 '청소가 더러워서 손님이 떨어져나간다'고 믿어 의심치 않는 박사장 때문에 툭 하면 '집합'을 당했다.

어제는 주력 여행사 한 팀이 다음 달 예약 스케줄을 모조리 취소하겠다고 통보해왔다. 에어컨을 비롯해 제반 시설이 노후해서 고객 컴플레인이 끊이지 않는다는 게 이유였다. 그런데 애꿎은 프런트 직원들만 하루 종일 들들 볶였다. 박사장과 양회장의 눈에는 고장 난 에어컨도, 키가 안 먹히는 객실 문짝도, 이틀에 한 번씩 탈이 나는 키홀더들도 보이지 않는 듯했다. 아, 그게 하루 이틀 일이냐고. 느이들이 좀 더 열심히, 잘했어야지. (뭐 이 미친놈아?) 에어컨과 객실 문짝과 키홀더를 교체 안 할 거냐고 물으면 정색하고 쳐다본다. 돈이 얼만데 그걸 왜 고쳐? 프런트에서 적당히 '멘트'를 쳐서 뭉개야지, 아니 그럼 그것도 안 할 거야? 월급 받아가면서?

사람들이 간혹 착각을 하는데, 어떤 조직이 망해간다고 해서 사람이 투입하는 유지보수 노동의 총량이 줄어들지는

늙은 백조는 과로사한다

않는다. 오히려 더 늘어난다. 쓰러져가는 호텔의 손익분기점을 사수하기 위해서 우리가 수행해야 하는 업무의 규모는 신라호텔이나 조선비치호텔 노동자들보다 훨씬 더 과중했을 것이다. 드림초콜릿은 건너편에 들어선 굿드림 때문에 망하는 게 아니라 어느 날엔가 직원들이 동시다발적으로 과로사하여 문 닫을 것이 분명했다.

물 위에 고고하게 떠다니는 백조가 사람 눈에는 참 고상하고 우아해 보인다. 그러나 수면 아래에서는 미친 듯이 물갈퀴를 휘젓는다. 잠시라도 물질을 멈추면 가라앉는다. 그러므로 쉴 새 없이 발을 휘저어댄다. 경박스럽게 흔들어대는 백조의 발은 날개나 부리만큼 고상하지도 우아하지도 않다. 평생 그렇게 물질을 하다가 지쳐서 죽는다. 내셔널지오그래픽 다큐멘터리에서 늙은 백조들이 독수리 같은 애들한테 잡아먹히는 숭악한 장면이 거의 안 나오는 이유를 아는가? 백조가 늙으면 상위포식자한테 잡아먹히기 전에 과로사해서 죽는 숫자가 훨씬 더 많기 때문이다. 그리고 이 쓰러져가는 호텔은 수명이 일주일도 채 남지 않은 백조와 같았다.

청소팀이 객실 바닥에 얼굴이 비치도록 깨끗하게 청소를 해도, 단골이 수백 수천 만들어져도, 삼복더위가 오면 당신들은 망할 것이다. 에어컨을 교체하라, 교체하라. 객실 문을 교체하라, 교체하라. 1인 시위 팻말을 만들려다가 나는 그냥 다 때려치우기로 마음먹었다.

늙은 백조는 과로사한다

드림초콜릿은
호텔이다

간판이 사장 대신 장사를 다 해주는 경우가 간혹 있다. 잘 지은 상호명의 힘이다. 아이 이름을 짓는 부모도, 간판 문구를 고민하는 창업자도 작명 센스는 필수다. 오천만 국민이 초등학교 교과서에서 처음 읽고 쓰는 '영희'나 '철수'를 떠올려보라. 영희와 철수는 페이스북에서 첫사랑과 재회할 확률도 현저히 낮다. 상호명도 마찬가지다. 각종 검색 사이트에서 수많은 경쟁자들과 차별화되는 이름은 수천 수억 들인 마케팅 전략보다 낫다.

'인당수안과'나 '벌떡비뇨기과'처럼 이름이 반드시 합목

적적이어야 한다는 강박을 가질 필요는 없다. 때로는 본질을 살짝 비껴간 이름이 수익 창출에 더 유리하다. '드림초콜릿'이 그랬다. 드림초콜릿. 그게 다다. 호텔이라고도, Hotel이라고도 명시하지 않았다. 카드 단말기에 등록된 상호명도 마찬가지다. 마케팅 측면에서 고찰해보자면 드림초콜릿은 '메인' 고객층의 '니즈'를 정확하게 '타겟팅'하는 성공적인 '네이밍'에 해당한다.

부주의한 불륜남들이 중년의 로맨스에 종지부를 찍고 빤스 바람으로 집에서 쫓겨나는 주된 이유 중 하나가 카드 영수증이나 내역서 때문이다. 예컨대 이런 식이다. 내연녀와 뜨거운 불장난을 즐기고 돌아온 남자가 소파에 널브러져 있다. TV를 켜놓고 자울자울 졸다가, 문득 바지 주머니 안에 뭔가 이물질이 부시럭거리는 것을 감지한다. 주차 티켓인가. 주유소 영수증이겠지. 그는 TV에 눈길을 고정한 채 종이 조각을 꺼내 꼬깃꼬깃 접었다가, 손가락 끝으로 이리저리 공굴려도 보았다가, 이내 소파 뒤로 퉁− 튕긴다. 그게 무슨 코딱지인 양. 불행하게도 그것은 코딱지가 아니므로, 며칠 뒤 그의 아내는 청소기를 돌리다가 누가 봐도 구겨진 호텔 영수증 같이 생긴 종이 쪼가리를 주워서 펴본다. '아라비안모텔'이라

드림초콜릿은 호텔이다

는 상호명이 선명하게 찍힌. 그것도 대낮에 삼만 원이 결제돼서 출장 숙박료라고 발뺌하기도 어려운. 모텔 대실 영수증을. 남자는 좌우 싸대기를 연타로 맞고 석 달을 집에 못 들어간다. 손이 발이 되도록 빌고 각서를 한 장 쓴 뒤에야 그는 귀가를 윤허받는데 그의 자리는 더 이상 가장이 아니다. 불가촉천민이다. 얄궂은 것은 한국의 슬픈 현실인데, 똑같은 상황에서 성별이 바뀌면 곧장 가정법원행이거나 최악의 경우 칼부림이 난다.

어쨌든, 드림초콜릿은 이런 불행한 사태가 발생할 가능성이 아라비안모텔이나 제일여관보다 상대적으로 낮다. 얼핏 보면 도무지 이게 뭘 파는 집인지 특정하기 어렵다.

불면증 환자에게는 수면장애 클리닉처럼 들리고, 주전부리 좋아하는 아이들은 새로 나온 초콜릿 과자를 떠올릴지도 모른다. 그리고 연인들에게 '달콤한 밤 되십시오' 하고 달달하게 어필하는 뉘앙스까지. 더없이 훌륭하다. 불륜 남녀들은 간판 아래를 지날 때마다 거 누군지 몰라도 이름 하나는 차암 잘 지었다, 하고 감탄할 수밖에 없었다.

딱 한 번 정체불명의 이런 상호명에 합리적 의심을 품은 여자가 있었다. '초콜릿 마카롱'이나 '드림웰 파자마'처럼 주력 상품을 명시하지 않았음에도 불구하고.

여자의 의심은 남자친구에게 빌려준 카드가 토요일 새벽 2시에 결제됐다는 데서 출발했다. 결제 가격에서도 구린내가 난다. 팔만 원이다. 산전수전 공중전까지 다 겪어본 여자이므로 팔만 원이 서울 시내 숙박업소의 주말 평균가라는 것도 익히 안다. 심지어 '드림' 초콜릿이다. 이루 말할 수 없이 의심스러운 정황이다. 그녀는 해당 사업장으로 직접 전화를 걸었다.

정성껏 모시겠습니다, 드림초콜릿입니다.

여보세요? 지난주 토요일 새벽 2시에 거기서 제 카드로 팔만 원이 결제됐는데요. 거기가 어딥니까?

네, 용산역 11번 출구로 나오셔서 500m 직진……,

용산이요? 이상하네. 나 거기 간 적이 없는데. 술집인가요?

아뇨, 호텔입니다.

제법 짧지 않은 침묵이 이어졌다. 수화기를 들고서 한참 동안 말이 없던 그녀가 씹어뱉듯 물었다.

거기 감시카메라 녹화되죠? 오후에 잠시 확인 좀 하러 가도 될까요?

드림초콜릿은 호텔이다

지배인은 준법정신이 투철한 호텔리어였다. 영장 없이는 경찰한테도 CCTV 녹화본을 제공하지 않았다. 개인정보보호법에 어긋난다는 거다. 그날은 달랐다. 지배인은 여자의 탐문수사에 적극 협조했다. 준법정신 따위는 개나 줘버릴 기세로. 녹화본을 기꺼이 틀어주었을 뿐만 아니라 슬로모션으로 재생해 안면 식별을 도왔다.

이 남자가 카드 가져간 사람 맞습니까? 절도사건이면 저희도 경찰에 신고할 수밖에 없어요. 자세히 한번 보세요. 남자친구 분이 확실해요? 한 번 더 제대로 보시라니깐.

화면에서는 키가 훤칠한 남자친구가 절대 자기 여자친구로 보이지 않는 다른 여자와 손을 잡고 프런트로 걸어 들어왔다. 그리고 자기 여자친구의 카드를 당당하게 꺼내어 방값을 결제했다. 부들부들, 두 주먹을 떨면서 서 있는 여자에게 지배인은 굳이 엘리베이터 화면까지 클로즈업해서 보여 줬다.

엘리베이터 CCTV가 화소가 더 높거든. 자아-, 클로즈업 갑니다아-.

남자친구는 때마침 층수를 확인하려고 고개를 쳐들었다. 그의 시원한 콧날과 까만 눈동자, 굵은 턱선이 화면을 가

득 채웠다. 무슨 악취미가 발동했는지, 지배인은 그가 몇 호실에 들어갔으며 몇 시 몇 분 몇 초에 퇴실했는지도 다 뒤져서 찾아냈다. 일부일처제 이데올로기를 수호하기 위해 내려온 산신령인가.

빼도 박도 못할 확증을 찾아낸 여자는 다리가 풀렸고, 휘청거리는 걸음을 추스르며 유령처럼 사라졌다. 하릴없이 숙박장부를 뒤적거리며 온몸의 말초신경을 여자 쪽으로 곧추세우고 있던 차대리가 장탄식을 날렸다. 와아. 저 새끼 조옷됐다.

도대체 무슨 생각으로 딴 여자랑 호텔 와서는 여자친구 카드로 결제를 한 것일까. 카드가 너무 많아서 헷갈렸나? 한도를 초과해서 다른 카드를 꺼내는 손님이 몇 년 새 유독 많아진 것은 사실이다. 불경기는 불경기지. 아무리 그래도 그렇지. 여친 카드에는 매직으로 '여– 친– 꺼–' 하고 굵게 써놓거나, 숙박업소 카드 리더기에 댔을 때 고압 전류가 통하도록 해놨어야지.

하늘만큼 땅만큼 사랑하는 사이일지라도 카드는 공유하지 말자, 인간적으로다가. 일부일처제는 생물학적 본성을 거스르는 제도라는 게 문화인류학계의 정설이다. 살다 보면 저런 실수, 당신도 할 수 있다. 그리고 당신의 연인도. 카드 명세서는 꼭 이메일 수신으로 설정해두시고.

그리고 '드림호텔'이나 '초콜릿모텔'이 아니라 '드림초콜릿'에 투숙할지라도 카드는 되도록 안 쓰는 편이 좋다. 현찰 내고 회원가 안 부르면 가장 좋은 객실을 준다. 만국의 캐셔들이 다 같은 마음이다. 차 안 타고 걸어오기까지 하면 몰래 객실 업그레이드를 시켜줄지도 모른다. 캐셔 직권으로.

아버지
죽이기

우습게도 가족사진이 달린 차 키를 내미는 아저씨들이 있다. 좀 많다. 열쇠고리에 가족사진이 달랑거릴 때, 중년 남자들의 손은 잠시 멈칫거린다.

처음에는 손 내밀던 나도 머쓱했다. 지금은 말간 얼굴로 받아든다.

대실 이용 시간은 두 시간입니다, 손님. 4시쯤에, 퇴실 시각 30분 전에 퇴실 안내 전화 드립니다, 손님.

초등학생쯤 되는 여자아이가 서 있는 가족사진에는 어쩔 수 없이 잠시 눈길이 멎는다. 모쪼록 들키지 않도록 조심하시길, 한 여자를 영영 잃게 될지도 모르니까. 당신 같은 사람을 어쩌면 평생 사랑할 수도 있었던 유일한 여자.

그 여자는 매일 당신을 죽이면서 살아갈지도 모른다.

아버지는 뭐하셔?

오지랖 넓은 사람들이 호구 조사를 할 때가 있다. 그럴 때 나는, 안 계십니다, 짧게 대답한다. 오지랖이 좀 많이 넓은 사람은 거기서 멈추지 않는다.

돌아가셨어?

그럴 때는 잠시 고민하다가 그냥 예, 한다. 병적으로 오지랖이 넓은 사람이 아니고서는 대개 입을 다물어준다. 그런데 측은한 눈빛으로 어쩌다가, 까지 나가면 퍽 난감해진다. 암, 교통사고, 산업재해, 아버지의 사인을 즉석에서 지어낼 때면 가슴 한편이 저렸다.

멀쩡하게 살아계신 아버지한테 억하심정이 있거나 악독한 저주를 품어서가 아니다. 나는 좀 맹한 캐릭터라 묻는 말에 곧이곧대로 대답을 하는 경향이 있는데, 그러면 대화가 아주 이상해진다.

아버지는 뭐 하시나?

아버지 죽이기

스님이신데요.

아, 그래. (침묵) 대처승, 이신가?

아뇨.

그럼 재가승, 이라고들 하나?

아니고요. 이혼하시고 나서 출가하셨습니다.

아, 그래. (침묵) 어쩌다가,

딱 한 번 이런 식의 긴 대화가 이어진 적이 있다. 스무 살, 아르바이트 구하러 갔던 첫 면접 자리다.

맹한 것도 정도껏이어야지. 맹해도 맹해도, 이루 말할 수 없이 맹했다. 그때 이후로는 그냥 간단하게 아버지를 죽였다. 돌아가셨니? 예.

나는 애매하고 모호하고 불확실한 것을 참지 못했다. 모든 것은 납득 가능해야 했고 기승전결이 분명해야 했다. 음악은 내가 알아들을 수 있는 코드로 진행되는 장르 이외에는 듣지 않았다. 재즈는 아주 오랫동안 이해 불가능한 영역이었다.

음식도 마찬가지다. 짠맛과 단맛이 분명하고, 씹어서 깔끔하게 삼킬 수 있는 것만 먹었다. 두부, 생선회, 우뭇가사리처럼 몽글몽글하고 물컹물컹한 것은 입에 대지 않았다.

그런데 내 아버지는 이 세상 모든 애매하고 모호하고 불확실한 것들 중에 갑이었다.

초등학교 시절, 그러니까 아버지가 지금의 내 나이만 했을 때다. 다람쥐 같은 자식새끼 낳고 다정한 아버지로 살던 그에게 중년의 위기가 찾아왔다.

아버지는 모텔에서 여자 손을 잡고 나오다가 엄마의 친구와 맞닥뜨렸다. 그 뒤로 3년이 넘도록 아버지의 외도가 이어졌다. 엄마는 더 이상 내 산수 숙제를 체크하지 않았다. 읍내 곳곳에 포진한 엄마의 정의로운 친구들이 제보를 계속했고, 엄마는 아버지가 들어간 여관을 급습하느라 바빴다.

3년의 공개된 외도 끝에 아버지는 갑자기 머리를 깎고 절에 들어갔다. 열두 살짜리 아이가 받아들이기에는 너무나 포스트모던한 반전이었다.

어느 날 새벽, 아버지가 밤손님처럼 집으로 찾아들었다. 조지훈의 시 「승무」에 나오는 '파르라니 깎은 머리'를 그렇게 지근거리에서 목격하기는 처음이었다. 잠이 덜 깬 눈으로 멍하니 쳐다보는 내게 아버지는 "언젠가 아빠를 이해하게 될 거야"라고, 별 귀신 씨나락 까먹는 소리를 남기고는 떠났다.

아버지는 읍내에서 한참 떨어진 복숭아 밭을 사서 절을

아버지 죽이기

지었다. 그곳에서 새벽마다 참배를 올리고, 텃밭을 가꾸고, 볕 잘 드는 거실에서 대금을 불었다.

나는 오랜 세월 아버지의 멱살을 흔들고 싶은 심정으로 살았다. 도대체 왜. 나한테 왜 그랬어요. 왜 우릴 떠났어요. 내가 납득할 수 있는 이유를 대보라고요.

세월이 흐르면서 많은 사람을 만나고 또 떠나보냈다. 때로는 죽었다. 누군가 죽고, 떠나도 남은 사람들의 삶은 계속된다. 하물며 혁명의 이상 따위야 말할 것도 없다. 부풀었던 꿈이 바람 빠지듯 허망하게 사라진 자리에도 여전히 삶이 이어진다. 지질하고 궁상맞은 폐허를 견디며 다들 그렇게 산다.

멀리 갈 것도 없이 이 쓰러져가는 호텔을 좀 보라고. 여기는 내일 당장 무너져도 별로 놀랍지 않다. 그런데도 손님은 계속 이어지고 우리는 월급을 받아간다. 심지어 바람피우는 아버지가 세상에 이렇게 많아. 하룻저녁에 불륜남을 스무 명이나 서른 명쯤 맞닥뜨리자면 내 유년 시절의 불행은 평준화되지 않을 도리가 없다. 언제부턴가 나는 재즈를 듣기 시작했고, 저녁 반찬으로 두부전골이 나와도 불평하지 않았다.

더 이상 아버지가 떠난 이유도 별로 중요치 않게 되었을

아버지 죽이기

때쯤, 아버지는 갑자기 불상을 치우고 폐업을 했다. 갑자기 바람이 나서 엄마를 패던 그 시절처럼, 그러다 또 갑자기 머릴 깎고 절에 들어갔을 때처럼. 멱살을 잡지는 않았다, 지나가듯 무심히 이유를 묻자 아버지도 지나가듯 무심히 대답했다.

20년 했으면 오래 했지, 뭐어.

그건 그래.

종교, 그거 너무 오래 하면 못 써.

응, 그것도 동의.

그래서 아버지의 일상은 20년 만에 다시 격변을 맞이했다. 아버지는 부처님과 이별하자마자 기다렸다는 듯 살생을 다시 시작했다. 여름에는 낚시를 하고 겨울에는 사냥을 나갔다. 창고 안에는 낚싯대와 사냥용 라이플이 즐비해 흡사 총포상을 연상시켰다. 불상 모시던 방에 들여놓은 냉동고에는 꽝꽝 얼린 잉어가 가득했다.

한때 엄마와 나는 아버지가 처절한 외로움 속에 비참하게 홀로 늙기를 바랐다. 근데 아버지는 우리의 마지막 바람마저 배신했다.

20년 공무원으로 일한 덕분에 죽을 때까지 혼자 먹고살기 충분한 연금이 나온다. 월남전 고엽제 피해자라 죽을 때까지 모든 의료 혜택을 무상으로 제공받는다. 텃밭에 양봉에 낚시에 사냥에, 철 따라 무궁무진한 취미 활동으로 심심할 새가 없었고, 엄마의 바람과 달리 아버지에게는 친구가 너무 많았다.

지난 추석 때 아버지는 텃밭에서 넘어져 크게 다쳤다. 수술 동의서에 친족의 서명이 필요하다고 해서 급하게 달려갔다. 병실에서도 아버지의 핸드폰은 계속 울렸는데 두 번에 한 번 꼴로 여자였다. 여자친구인지 여자사람친구인지는 아버지의 프라이버시이므로 묻지 않았다.

무엇보다 약 오르게도, 나는 아버지가 처절한 외로움 속에 비참하게 홀로 늙기를 바랐지 죽기를 바란 건 아니었다. 그걸 깨닫게 되었을 때 내 안의 열두 살 아이는 아버지와 화해를 했다.

아버지 죽이기

나주임의
비밀수첩

　기후 변화를 핑계로 나라 안의 모든 자동차 운행을 금지
시키면 얼마나 좋을까. 남한사회주의노동자당이 집권하면
모든 호텔에 주차장을 없애야 한다. 아무도 차 몰고 호텔에
가지 못하는 나라를 만드는 거지.
　퇴근길에 마주치는 사람들을 하나하나 붙들고 포교를
하고 싶은 심정이었다. '도를 믿으십까'나 '예수천국 불신
지옥' 전도사 언니들처럼. 호텔은 걸어서들 다닙시다, 인간적
으로다가. 차 끌고 다니지 좀 맙시다, 기후 변화 오면 한반도
가 수장돼요.

생태중심사회를 지향하는 남한사회주의노동자당의 가치 때문은 아니다. 나는 오랫동안 글자의 세계에 파묻혀 살았다. 그래서 눈으로 보고 손으로 만지는 것들을 다루는 데에 지독하게 서툴렀다. 매일 뭔가를 깨먹고, 까먹고, 엎어지고, 자빠졌다. 특히 돈을 잘 세지 못했다.

길주임은 달랐다. 지폐 다발을 반으로 접어서 단단히 움켜쥐고 촤촤촤촤 소리를 내며 돈을 셌다. 절대 두 번은 안 셌다. 내가 지폐 다발을 넘길 때에는 촤촤촤촤 소리가 안 났다. 대신 이렇게 중얼중얼 중놈 염불하는 소리가 났다.

여든하나, 여든둘, 여든셋, 지배인님 왼쪽 4번 구역에 차들어왔어요……, 시발, 또 까먹었네, 다시 하나, 둘, 셋, 넷…….

그리고 지폐가 넘어가는 리듬에 맞춰 머리가 아래위로 반드시 흔들려야 했다. 다른 직원들이 그 꼬락서니를 놀리고 흉내 내기 시작하면서부터는 책상 밑에서 발만 흔들었다. 돈을 제대로 세지 못하는 캐셔는 톱질 못하는 목수, 불꽃 알레르기가 있는 대장장이만큼 천대를 받았다.

숫자에 특히 취약했다. 조회가 끝나고 나면 늘 진풍경이 벌어졌다. 나는 24시간 근무를 채우고 눈꺼풀이 턱까지 처지려고 하는 길주임을 붙들고 늘어졌다.

아니 이게요, 맥주 값을 아까 뺐잖아요. 근데 왜 매출액에서 또 빼라고 하는 거예요?

그럴 땐 지배인이 끼어들어 상황을 종료시켰다.

하아− 피곤한 애 붙잡고 또 뭐하니이. 지금 길주임 눈알 돌아간 거 안 보이니! 길주임, 빨리 퇴근해!

사람 대하는 일도 돈 세는 일 만큼이나 괴로웠다. 모르는 사람과는 밥을 한 다섯 번쯤 먹어야 눈을 제대로 맞출 만큼 낯도 많이 가렸다. 낯가림 심한 사람이 호텔 프런티어라니. 애당초 말이 안 되는 조합이었다. 아무리 손님이 왕이기로서니, 병조판서가 주상전하의 눈을 똑바로 보면 안 되는 것과는 차원이 다른 문제다.

나주임, 나주임이 호텔에 갔는데 프런트 직원이 자기 안 쳐다보고 장부 들여다보고 있거나 수첩에 뭐 적고 있으면 기분이 어떨 것 같애? 이런 시발, 불륜 커플 들어왔다고 사람 무시하네, 돈 벌기 싫은가 봐, 이 호텔 직원 교육 어떻게 시키는 거야, 이러지 않겠어요? 지배인님이 말씀하시는데 또 어딜 보니이!

무엇보다도 절대로 내 빈한한 기억력을 신뢰할 수 없었다. 남의 말에 집중 안 하고 머릿속으로 대하드라마 한 질을

집필하는 과도한 상상력과, 그로 인해 필연적으로 귀결되는 지독한 건망증. 이 두 가지는 나 씨 집안의 우성 유전자였다. 더군다나 드림초콜릿호텔은 엄청나게 복잡한 운영 시스템을 자랑하는 일터다.

여기에서 살아남으려면 어떻게 해야 하는가? 무조건 적어야 했다. 메모만이 살길이다. 나는 처음 듣는 정보라면 어느 것 하나 빼먹지 않고 다 받아 적었다. 그러고는 퇴근해서 집에 오면 침대에 누워서 잠들 때까지 그것들을 외웠다. 그게 이 호텔의 높디높은 진입장벽을 넘는 유일한 방법이었다.

너처럼 고시 공부하듯 단어장 들고 다니며 업무를 익힌 캐셔는 아니 나 호텔 일 시작한 이래로, 아니 이 호텔 짓고 나서도 처음일 거다. 아니 도대체 이게 뭐라고, 그냥 돈 받고 키 주는 일이라고오.

내가 수첩을 꺼내들 때마다 지배인은 끌끌 혀를 찼다. 가끔은 등 뒤로 살쾡이처럼 몰래 다가와서 "나주임, 또 뭐 써요?" 하고 놀렸다. 그때마다 나는 초딩이 쪽지 가리듯 얼른 손바닥으로 덮고 눈을 희떴다. 보지 마세요.

세상만사가 그러하듯 나도 서서히 적응해나갔다. 아마 수첩을 안 들고 다녔더라도 곧 익숙해졌겠지만 수첩을 들고 다녔기 때문에 사나흘 만에 모든 정보를 머리통에 입력했다. 자신감이 있었으므로, 손님들을 쳐다보며 생긋생긋 웃을 수도 있게 됐다. 놀랍게도 나는 잘 웃는 사람이었고, 아무리 당황하거나 분노가 치밀어도 잘 웃는 사람이었다.

그리고 태연하게 거짓말도 잘하는 사람이었다. 예컨대 스탠다드룸이 멀쩡히 비어 있어도 외제차가 들어오면 "스위트룸만 딱 하나 남아 있어요" 하고 말간 얼굴로 말하는 것 같은. 두 연놈이 움직이면서 2,000kg짜리 쇳덩어리를 끌고 다니는 건 반동이다. 남한사회주의노동자당 당원이 반생태주의적 작태를 단죄하는 방식이었다.

반년은 여기서 일단 버텨보고 나쁘지 않다면 '평생직장'으로 삼아도 괜찮겠다 싶었다. 반년, 반년이 지나면 제법 그럴듯한 사기꾼으로 성장해 있을지 몰라. 나의 유일한 바람은 사기꾼이 되지 않는 것이 아니라 책 읽을 시간이 있는 사기꾼이 되는 것이었다. 그날이 오기 전까지는 그랬다.

금요일 저녁 10시는 예약 손님이 꾸역꾸역 밀려들어 로비가 미어터지는 시간대였다. 그런데 그날은 여느 금요일과 달랐다. 줄줄이 서 있는 손님들 사이로 낯선 사내가 비집고 들어왔다. 발목부터 어깨까지 빤짝이가 빤짝빤짝 붙어 있는 양복을 입고 있었다.

　남자는 발걸음도 매우 낯설었다. 제비처럼 날아오를 듯 가볍게 스텝을 밟는 기묘한 버릇이 있었다. 분명히 그가 로비로 들어오고 내가 프런트에 서 있는데 어쩐지 그의 입에서 '어서옵쇼~'가 튀어나올 것만 같았다.

　안녕하세여~ 박사장님 계신가여~?

　그의 몸에서 나오는 모든 것들에는 날개가 달린 듯했다. 심지어 종결어미조차 포르르 날아오를 듯 가벼웠다. 이 제비는 도대체 누구시길래 이 호텔로 날아들어서 박사장을 찾는 것인가. 그 반짝거리는 남자가 다녀간 뒤부터 지배인은 매우 언짢아 보였다.

　두 시간 뒤, 제비가 다시 포르르 날아들었다.

　지배인님, 아까 말씀드린 그거 오늘 되나여? 그걸로 두 개 부탁드릴게여~!

　그러고는 프런트에 십만 원짜리 수표를 공손히 내려놓고 호텔 바깥을 향해 손짓했다. 술 취한 중년 남성 둘이 형님 아우하며 어깨동무를 하고 들어왔다. 지배인은 바위처럼 굳은 얼굴로 객실 키를 두 개 던졌다.

나의 비밀수첩에 따르면 이것은 호텔의 표준 프로토콜을 벗어나는 기괴한 상황이었다. 그리고 나는 궁금한 것을 5분 이상 참지 못하는 캐셔다.

　　스탠다드룸인데 왜 오만 원씩 받나요?

　　일단 놔두세요.

　　902호, 904호에다가 오만 원이라고 쓸까요?

　　아, 일단 놔두라면 놔둬!

　　지배인이 너무 화가 나 있었으므로 나는 더 이상 묻지 않았다. 30분쯤 흘렀을까, 지배인이 다시 말을 이었다.

　　지금부터 내 말 잘 들어요. 나 없을 때 띵동주점에서 왔다고 하면 스탠다드룸을 오만 원에 내줘요. 장부에는 아직 쓰지 말고.

　　스탠다드룸인데 왜 오만 원에,

　　아, 그냥 시키는 대로 해!

　　넵.

　　그 사람들은 숙박 손님 아니야, 금방 나갈 거야. 그 사람들 다 나가고 난 뒤에, 숙박 장부에, 다른 호실 번호에다가, 오만 원 아니고 사만 원이라고 쓰는 거예요.

　　대실인데 왜 숙박 장부에,

　　　　　　　　나주임의 비밀수첩

하— 일단 끝까지 다 들어요! 대실 아니다아. 숙박으로 기입하고. 902호에 들어갔더라도 절대로 902호에 들어갔다고 쓰지 말고. 오만 원을 받았더라도 사만 원이라고 쓰고. 그러면 만 원이 남지? 그건 아까 저 사람한테 주는 거야. 기억할 수 있겠어요?

당연히 기억 못 하지. 이렇게 복잡한 걸 어뜨케 한 번에 외우니, 이 새끼야. 모르는 걸 처음 들을 때 늘 하듯 나는 수첩을 펼치고 적기 시작했다. 그러자 지배인이 불에 덴 듯 펄쩍 뛰었다.

또 쓴다, 또. 그걸 왜 써요, 그냥 머리로 기억하면 되잖아!

예……?

이거 성매매야. 불법이라고. 아무런 흔적이 남으면 안 된단 말이야!

에……?

메인 컴퓨터에 체크인도 누르지 마. 장부에도 쓰지 말고. 수첩에도 쓰지 마아!

수첩에도 쓰고, 페이스북에도 쓰고, 책도 냈다. 어쩔래.

세 사람의 일은
세 사람만 알겠지

　남자 둘에 여자 하나, 혹은 여자 둘에 남자 하나가 와서 방 달라고 할 때가 간혹 있다. 흔히 말하는 '쓰리섬'이다. 그럴 때 차대리는 중세 수도원을 지키던 지엄한 문지기처럼 돌변한다. 프런트 뒤에 숨어서 객실 키나 깎으며 허허실실하던 애가. 신장 190cm에 씨름 선수처럼 어깨 떡 벌어진 차대리가 턱을 45도쯤 치켜들고, 시선은 15도쯤 내리깔며 이렇게 말할 때면 자못 위압적이다.

　혼숙 안 됩니다.

　구구절절 길게 설명하지도 않는다. 딱 그렇게만 말한다.

　　　　　　세 사람의 일은 세 사람만 알겠지

그러면 어지간히 배짱이 좋지 않고서야 대개 꼬리 내리고 사라진다.

간혹 떼쓰고 버티는 아재도 있다. 술 많이 잡숫고 오신 분들이다. 만취한 쓰리섬 관계자들과 차대리의 실랑이는 어지간한 코미디 프로그램보다 웃겼다. 나는 매번 웃음을 참느라 안면 모세혈관이 다 터질 지경이었다.

사장님, 웃돈 더 드릴게. 응? 자자, 이거 받아 넣어두시고.

이렇게 지폐 몇 장을 차대리 손에 쓰윽 쥐어주기라도 하면 사태는 걷잡을 수 없이 악화된다. 마치 똥 묻은 휴지라도 만진 양 지폐 뭉치를 내동댕이치면서 차대리는 다시 한번 으르렁거린다. 냉혹한 저승 문지기처럼, 무시무시하게 목소리를 내리깔고서.

저 사장님 아닙니다. 그리고 혼숙은 안 됩니다.

허허-이, 형니임! 거 너무 까칠하게 굴지맙시다. 다아 알면서.

저 형님 아니고요, 무슨 말씀을 하시는지 잘 모르겠습니다.

단호하다. 그리고 명징하다. 어디 감히 잡스러운 것들이 이곳에 더러운 발을 들이느냐, 버럭 호령할 것만 같다. 도대체가 이까짓 러브호텔이 무슨 신성불가침의 성소(聖所)라도 되냐 말이다. 나는 웃음을 참다못해 급기야 안면 근육이 씰룩거리기 시작한다.

나 애들 아는 오빠야, 오빠. 호텔에 여자애 둘만 재우려니 불안해서 그래, 내가. 발이 차마 떨어지질 않어. 우리 여동생들 들어가는 것만 보고 갈게, 응?

보셨으니까 이제 가시면 되겠네요.

상황이 이쯤 되면 언니들이 나선다. 말끔하게 차려입은 언니들이다. 너무 예뻐서 '오빠'가 차마 발이 안 떨어질 법도 하다.

우리 금방 나가요!

저 아저씨 취했어요, 10분도 안 걸려요!

10분도 안 걸린다는 말에 나는 결국 푸흡, 하고 웃음이 터지고 만다. 그러면 차대리는 나를 무섭게 노려보고, 다시 쓰리섬 관계자들을 혐오스럽게 쏘아보면서 최후 판결문을 선고한다.

혼숙은 절대 안 됩니다. 현행법상 풍기문란죄에 해당하는 위법 행위입니다. (뭐, 뭐라고?)

세 사람이 구시렁거리며 아쉬운 발길을 돌려 사라지고 나서도 수문장은 한참 동안 씹어뱉듯이 중얼거린다.

세 사람의 일은 세 사람만 알겠지

더러워, 더러운 것들, 더러워서 참을 수가 없어.

수문장의 얼굴이 너무도 험악해서 나는 차마 얘기하지 못했다. 저 사람들이 클럽에서 걸리면 식품위생법 위반이고, 인터넷에서 만났다면 정보통신법 위반이며, 돈이 오고갔으면 성매매특별법 위반이지만, 현행법 어디에도 '풍기문란죄' 같은 죄목은 없다는 것을. 그런 부연 설명을 했다간 아마 나까지 '더러운 것들'에 싸잡혀 들어갔을지도 모른다.

딱 한 번, 이 냉혹한 수문장이 혼숙자들을 걸러내는 데 실패한 적이 있다. 토요일 오후 느지막한 시각이었다. 그래서 더더욱 방심했는지 모른다. 남자 하나, 여자 하나가 대실료를 결제하고 705호로 입실한다. 30분쯤 지나고 나서 또 한 사람의 남자가 로비로 들어선다. 그는 프런트 앞을 유유히 지나 엘리베이터로 직행한다. 지켜보던 직원들이 다 어안이 벙벙해질 만큼 자연스럽다. 한눈을 팔았더라면 그 남자가 지나간 줄도 몰랐을 것이다.

아까 전에 내 여자친구가 먼저 와서 결제하고 방에 들어가 있으며 나는 잠시 편의점 다녀오는 길인데 방 호수는 이미 알고 있으니 내가 알아서 들어가겠다, 라고 이마에 써붙이기라도 한 듯. 보무도 당당하다. 그러나 엘리베이터 버튼을 누르기도 전에 무시무시한 수문장에게 붙들리고 말았다.

몇 호실 가십니까?

705호요.

705호는 손님이 계십니다.

네, 제 여친이에요.

손님 여친 아닙니다. 남녀 두 분 계십니다.

아. 그래요? 이상하네. 여친이 먼저 와 있을 거라고 했는데,

여자 손님 혼자 오신 객실은 없습니다.

아직 안 왔나 보네. 그럼 방 하나 주세요. 아, 예전에 7층에서 묵은 적이 있는데 좋더라고요. 7층 방으로 주세요. 세면용품 키트도 하나 주시고요.

이런 일련의 대화가 이어지는 내내 남자는 눈 하나 깜짝하지 않고 천연덕스러웠다. 심지어 7층에 묵은 적이 있다잖아. 단골이네. 차대리는 털끝만큼도 의심치 않고 702호 키를 내줬다. 돈 내고 방 달라는데 수도원 아니라 염라지옥 수문장이라도 별 도리가 없잖아.

잠시 후 프런트 메인 컴퓨터에서 '띵똥–' 하고 객실문 개

세 사람의 일은 세 사람만 알겠지

폐 알림음이 울렸다. 무심코 모니터를 쳐다보던 차대리가 갑자기 불에 덴 듯 벌떡 일어났다. 문이 열린 방은 702호가 아니다. 705호다. 수문장은 아연실색하여 CCTV로 7층 복도를 확인한다. 아뿔싸, 늦었다. 객실문이 열리고 남자가 유유히 705호로 들어가고 있다. 차대리가 얼빠진 얼굴로 쳐다보는 사이, 문은 순식간에 닫혔다. 세 사람, 쓰리섬, 성공적.

순간 나는 '캬아-' 감탄사가 터질 뻔했다. 매롱매롱한 얼굴로 저 근엄한 수문장을 감쪽같이 속여먹다니. 그 사내의 기지와 순발력에 살짝 감동까지 먹었다. 그러나 차대리는 전혀 감동적이지 않았던 것 같다. 두어 시간이 지나고, 705호의 문이 다시 열리고, 한 명씩 차례로, 유유히 호텔을 빠져나갈 때까지 차대리는 화차 삶아먹은 듯 콧김을 내뿜어댔다. 그래봤자 게임 오버다.

객실 문 앞을 지키며 손님이 남의 방에 들어가는지 일일이 감시할 순 없는 노릇이다. 들어갔다손 치더라도, 차대리에겐 유감스러운 일이지만, 일단 문이 닫히면 밖에 있는 자들이 할 수 있는 일은 없다. 그저 돈 받고 키를 내줄 뿐. 강간이나 살인이 터지지 않는 한 저 문 안에서 일어나는 모든 일은 직원들의 권한 밖이다.

셋이서 바닥에 둥글게 앉아서 보드게임을 하든, 손에 손 잡고 통성기도를 하든, 아니면 그보다 좀 더 내밀한 일이 벌어지든. 세 사람의 일은 세 사람만 알겠지.

된장계란볶음파쌈

　사람마다 알레르기 반응을 내보이는 대상은 천차만별입니다. 어떤 사람에게는 전혀 알레르기를 일으키지 않는 것이 다른 이에겐 숨이 컥컥 막히도록 혐오와 공포를 불러오는 것이지요. 땅콩처럼. 혹은 어패류처럼. 그 호텔에서 내 혐오의 대상은 쓰리섬이 아닙니다. 된장계란볶음파쌈이었지요.

　입맛은 정치적 지향이나 문화다양성과 전혀 별개의 문제입니다. 머리는 극우보수인데 혓바닥은 진보적인 아재가 이 나라엔 얼마나 많은가요. 마찬가지로 혼숙에 관대하다고 해서 반드시 몬도가네 같은 엽기적인 식성의 소유자일 까닭

이 없지요. 내 머리는 대한민국의 정치적 이념 스펙트럼에서 가장 왼쪽의 3%에 속해 있었지만 나의 미각은 보수를 넘어 극우에 가까웠습니다.

익히지 않은 생선, 익히지 않은 육류, 양념 없이 밍밍한 것들—여기엔 양념에 재우지 않은 채끝살 구이도 포함됩니다— 그리고 고무줄처럼 질겨서 도대체 왜 돈 주고 사먹는지 알 수 없는 냉면 따위. 그런 것들은 내 극우보수적인 혓바닥 위에서 '북한'이었고 '공산주의'였으며 '반사회적인 불순분자'였어요.

호텔에는 매 끼니 직원들에게 밥상을 차려주는 식당 이모가 있었습니다.

이모는 조선족 청소팀이 쪽수가 더 많다는 이유로 아주 기이한 중국식(혹은 연변식) 메뉴를 종종 식탁에 올렸는데 그중 하나가 된장계란볶음파쌈이에요. 말 그대로 된장과 계란을 프라이팬에 풀고 스크램블처럼 다글다글 볶아서 냅니다. 그 옆에 대파를, 그것도 생 대파를 댕강댕강 부러뜨려서 수북이 쌓아놓고, 삶은 돼지고기를 뭉텅뭉텅 썰어서 곁들입니다. 그게 다예요.

나도 차암 대한민국에서 유복하게 자라지 못한 하층계

된장계란볶음파쌈

급에 속하건만, 이토록 서민적인 음식은 생전 듣도 보도 못했어요. 얼떨떨한 얼굴로 이걸 어떻게 먹느냐고 내가 묻자 식당 이모는 '세상에, 이 맛있는 걸 처음 먹어본단 말이야?' 하는 표정으로 된장계란볶음파쌈 먹는 법을 직접 시전했습니다.

파를 이렇게, 이렇게 잘 찢어서 펴고, 그 위에 삶은 돼지고기 한 점을 얹고, 그리고 된장계란볶음 반 숟갈을 퍼서 올려. 그러고는, 아니, 삼겹살 안 싸먹어 봤어? 그냥 파를 잘 오므려 잡아서 입 안에 쏙 넣으면 되지이. 이거 하나 먹는데 무슨 요령이랄 게 따로 있겠어.

생 대파의 미끈거리는 식감과, 된장에 버무려진 계란에서 훅 끼치는 비릿한 냄새, 거기에다 삶은 돼지고기의 노린내는 화룡점정이었어요. 된장계란볶음파쌈은 극우보수적인 내 비위를 완전히 뒤집어놓았습니다. 하루 세끼를 일터에서 해결하는 24시간 교대제의 호텔에서 이런 메뉴가 밥상에 올라오면 나는 미쳐버릴 지경이었어요.

그래서 나는 끼니때마다 식당 문을 빼꼼 열고 식탁 위에 된장계란볶음파쌈이 있는지부터 확인했습니다. 식탁 위에 대파 대가리라도 보일라치면 그냥 조용히 돌아섰지요. 나 밥

안 먹어. 그렇게 호텔 옆 중국집에 가서 짜장면으로 끼니를 때운 날이 한두 번이 아닙니다.

면역 반응은 인류의 진화 과정에서 종족 보존에 필수불가결한 생물학적 방어 메커니즘입니다. 시시각각 덤벼드는 낯선 것들을 의심하지 않았다면 인류는 일찌감치 멸망했을 거예요, 면역결핍증후군으로. 세 치 혀로만 떠들어대는 살해 협박 따위 때문이 아니라.

그런데 면역 체계에 이상이 생기면 전혀 위험하지 않은 물질에도 화들짝 놀라고 두드러기가 돋지요. 그게 알레르기 반응입니다. 차대리가 쓰리섬에 질겁하고 경기를 일으키는 것은 일종의 문화적 알레르기입니다.

차대리를 실컷 비웃던 나 역시 그다지 다르지 않아요. 사실은 된장계란볶음파쌈을 삼키다가 호흡곤란이 오거나 피거품을 토하며 사망하는 건 아니잖아요. 그런데도 낯선 음식 앞에서 내 혀는 마치 병원균이 침투한 면역 체계처럼 요란하게 비상벨을 울려댑니다.

다만 혓바닥만의 문제가 아니에요. 내 몸의 보수성은 개화기 조선의 위정척사파들처럼 단호하고도 명징했습니다.

낯선 사람들 앞에서는 입술이 딱 닫혔고, 낯선 도시에 가면 발바닥이 땅에 달라붙었으며, 낯선 공간에서는 두려움으로 허파가 졸아들었어요.

나는 낯선 것들을 무척 두려워하는 인간이라고 여겼어요. 리재가 죽기 전까지는 그랬습니다.

리재가 죽은 뒤 나를 옥죈 것은 모두 익숙한 것들이었습니다. 낯선 것이 아니라. 예컨대 리재의 지문이 고스란히 묻어 있는 서재 책상이라든지. 리재를 아는 사람들로 가득한 남한사회주의노동자당 같은 것들. 리재의 체취가 남은 이불은 빨면 그만입니다. 그런데 리재가 죽은 뒤 내게는 예상치 못한 문제가 생겼어요. 그것은 어느날 갑자기, 불시에 찾아왔습니다. 불면증과 함께.

나는 글을 쓰지 못했어요.

정당에서 일하기 위해서는 곧 죽어도 우리가 옳다는 확신이 있지 않으면 버티기 어렵습니다. 정세는 시시각각 바뀌잖아요. 그 회오리바람 속에서도 두 발은 땅에 탄탄히 뿌리 박고 있어야 휘청거리지 않아요. 옳고 그름도 명확해야 합니다. 이명박과 박근혜는 틀렸고, 신자유주의도 틀렸으며, 포

된장계란볶음파쌈

괄임금제는 폐기되어야 마땅하고, 정규직은 공공 부문에서부터 점차 확대되어야 했습니다. 국가사회주의는 실패했고, 복지국가 플랜을 한시라도 빨리 구축해야 하고요.

그런데 언제부턴가 내가 딛고 선 세계에 균열이 가고 있었어요. 다만 리재라는 하나의 세계가 무너졌을 뿐인데 말이지요. 나는 무엇이 옳고 무엇이 그른지 멀미가 나기 시작했습니다. 확신이 무너지니 더 이상 격문 같은 글을 쓰지 못했어요.

남한사회주의노동자당에서 기관지를 편집하던 상근자가 글을 쓰지 못한다는 건 사망선고나 다를 바 없었습니다. 강박증이 점점 심해졌어요. 글을 쓰지 못해서 자살 시도를 하거나, 늦잠을 잤다는 이유로 자살 시도를 했습니다. 그렇게 1년 가까이 정신병원을 들락거리며 입퇴원을 반복하다가 나는 결국 사직서를 내고 말았어요.

드림초콜릿은 된장계란볶음파쌈 같은 낯선 것들로 가득한 공간입니다. 그리고 낯선 것들에 면역되지 않으면 살아남지 못하는 곳이죠. 그런데요. 낯선 사람들이 수없이 들고나는 이곳에서 희한하게도 나는 편안해졌습니다.

이곳에 당위란 존재하지 않습니다. 당연하지도, 명징하지도 않아요. 드림초콜릿에는 이분법 따위 비집고 들어설 자리가 없어요.

일부일처제 이데올로기가 무너지고, 쓰레기 분리수거 지침도 무너지고, 심지어 물탱크와 문짝까지 무너지는 그곳에서 나는 비로소 마음의 안정을 되찾았습니다. 기이한 일이었어요. 이 호텔은 나에게 이렇게 호통 치는 것만 같았습니다. 이것이 세계의 민낯이다!

매출 정산과 회계 처리를 할 때 캐셔에게 요구되는 미덕은 단 하나, 사칙연산뿐이에요. 그마저도 이제는 엑셀이 다 해줍니다. 그러나 사람과 사람 사이의 역학, 사람과 체제를 잇는 모듈은 고차방정식에 더 가깝죠. 방정식의 근은 하나가 아닙니다. 심지어 수학 교과서가 가르쳐주지 않는 '허근'도 있어요. 실수의 축에 점을 찍을 수 없다고 해서 세상에 존재하지 않는 건 아닙니다.

예컨대 성매매. 이 나라에서 성매매는 불법이므로 호텔은 저들과의 거래 내역을 절대 남기지 않습니다. 매출 대장에 입실 시각과 객실 번호를 조작해요. 전산 프로그램에서도 체크인, 체크아웃 처리를 하지 않아요. 이들은 유령이고, 허

된장계란볶음파쌈

수입니다. 그러나 현실에서 생생하게 벌어지는 실제 상황입니다.

나는 페미니즘의 가치를 내면화한 여성이지만 동시에, 노동정치 구현을 부르짖는 진보정당 당원이기도 해요. 그러므로 성매매와 성노동에 대해 가치 판단을 보류하며 살았습니다. 노회한 정치가처럼.

에에- 그 문제는 구조적이고도 복합적인 사안이라서 통합적이고도 장기적인 사회적 대책 마련이 시급한 것으로 사료됩니다. 이상.

그렇게 살아도 이제까지는 큰 문제가 되지 않았어요. 곱게 자란 한국의 대졸 여성이 성노동자의 노동자 정체성을 진지하게 고민할 만한 기회는 흔치 않죠. 성매매를 자기 삶에서 직접 맞닥뜨릴 가능성은 더더욱. 남편 호주머니에서 단란주점 영수증을 발견했을 때? 그럴 땐 가정법원을 갈까 말까, 남편의 가운뎃다리를 자를까 말까 고민을 하겠죠. 성노동자의 노동자성은 멀고 남편새끼는 가까우니까.

드림초콜릿은 텍스트의 세계보다 재미져요. 역동적입니다. 그러나 늘 재밌지는 않습니다. 두 개의 가치 체계가 부딪칠 때 조금만 긴장을 늦추어도 나는 금세 유령이 됩니다. 심지어 가치 판단을 할 필요도, 권한도 없는 '비존재'가 될 때의 기분은 매우 더럽죠.

기분이 더러워지니까 글이 다시 써지기 시작했어요.

나는 새벽 4시가 되면 하품을 참으면서 글을 썼습니다. 아무도 오지 않는 텅 빈 호텔 프런트를 작업실 삼아. 오늘 내가 만났던 낯선 것들에 대하여.

나는 아직도 성노동자가 노동자인지 아닌지 잘 모릅니다. 사실은 매일 마주치는 거의 대부분의 것들을 나는 잘 모릅니다. 드림초콜릿의 세계에 발을 디딘 지 반년 만에 나는 반푼이가 되었습니다.

그리고 세상에는 내가 답하지 못하는 물음들이 성노동 말고도 산더미처럼 쌓여 있습니다. 나는 그 물음들에 하나씩 답하기 위해서 천천히 생각하고 천천히 글을 쓰는 버릇이 생겼을 뿐입니다. 그게 다예요.

단 하나 아쉬운 점은 호텔을 때려치우고 나오는 마지막 날까지 된장계란볶음파쌈에는 결코 면역이 되지 않았다는 겁니다. 하지만 호텔을 그만둔 결정적인 계기는 된장계란볶음파쌈이 아니라 팥빙수예요.

된장계란볶음파쌈

내일은 내일의
캐셔가 온다

인수인계라고 할 건 딱히 없어요. 전혀 힘든 일 아네요, 언니. 하나도 어렵지 않아요. 돈 받고 키 주는 일이지, 뭐.

한 가지 꼭 당부하고 싶은 건 있어요. 언니가 여기서 얼마나 오래 버틸지 모르겠지만 떠나는 그날까지 한 가지는 기억해야 해요. 언니는 귀하신 몸이야.

내가 박사장한테 스카웃 돼서 들어왔을 때 내 전임 캐셔는 두 달째 못 나가고 있었어, 후임을 못 구해서. 이번에도 봐봐. 박사장, 지배인 인맥 모조리 동원했는데도 결국 못 구했잖아요. 언니가 차대리 후배의 이웃집 동생 친구가 아는 오빠의 사돈이었던가요? 이 바닥에서 캐셔 새로 구하기란 결코 쉽지 않아요. 그러니까 당당해져요. 개겨도 돼. 그러니까 당신은 '을'의 위치에 있는 '갑'이라고. 그거 하난 명심하세요.

박사장은 참 좋은 아저씨예요. 아버지 같은 분이죠. 살면서 만나본 도박중독자 가운데 가장 좋은 사람이었어요. 호텔 밖에서 만났다면 우린 꽤 괜찮은 친구가 되었을지도 모릅니다. 하지만 직장 상사로서는? 전형적으로 '머리 나쁜데 부지런한' 사장님이죠. 어딜 가든 그런 보스 하나씩 꼭 있잖아요. 뒷감당은 전혀 걱정 안 하고 이것저것 툭, 툭, 던지는 스타일. (당연하지! 뒷감당은 지가 안 하니까! 시발!) 여섯 달 일하면서 난 정말 돌아버릴 것 같았다니까요.

보통은 손님이 들어오면 차 키 받고 차가 몇 번 구역에 주차됐는지 기억하고 돈 받고 거스름돈 내주고 객실 배정하고 키 내주면 돼요. 용산역전에 있는 거의 대부분의 숙박업소가 그래! 돈 받고 키 주면 끝이라고! 어머, 나 흥분했나 봐. 잠시 심호흡 좀 하고 나서 얘기 이어갑시다. 쓰읍, 후후.

불륜 남녀들은 호텔 프런트에 오래 서 있기 싫어해요. 돈 받고 키 주는 일련의 과정을 십에서 이십 초 안에 끝내야 하지. 그런데 박사장은 그걸 육십 초까지 늘려놨어요. 아니, 박

내일은 내일의 캐셔가 온다

사장의 업무 지시를 모두 이행하려면 육백 초쯤 붙들고 서 있을 수도 있어. 예컨대 이런 식이에요.

잠시만요, 손님. 마일리지는 등록하셨나요? 카드 결제하실 경우 결제액의 5%, 현금 주시면 10%를 적립해드려요. 그러니까 현금 결제하시는 경우 열 번에 한 번은 공짜인 셈입니다. 아이쿠, 그럼 신규 등록하셔야죠. 아이디는 보통 핸드폰 뒷번호로 설정하십니다. 8723이요? 아, 8713이요? 죄송합니다만 이 번호는 다른 분이 쓰고 계시네요. 8712요? 8711이요? 네, 8711번으로 10% 적립해드렸습니다. 아 손님, 잠시만요! 아직 끝나지 않았습니다. 지금 뽑기 이벤트를 하는 중인데요, 현금으로 천 원 내시고 이중에 하나 골라보시겠어요? 꽝 없습니다, 무료숙박권, 무료대실권, 50% DC, 객실 업그레이드, 양말, 라면, 이중에 하나는 무조건 나와요. 에이, 라면 두 개도 편의점 가면 천 원 더 주고 사야 되잖아요. 완전 밑지는 장사라니깐요. 20주년 기념 이벤트라서, 네, 라면 당첨되셨습니다. 쩌어기 컵라면 두 개 집어가셔요. 젓가락이요? 아, 젓가락 여기. 그리고 손님, 아직 안 끝나셨어요, 다음에 오실 때 이 쿠폰을 보여주시면– 소 손님 아직 들어가시면 안 돼요! 손니임!

여름이 다가오던 지난 6월 말에 박사장은 또 하나의 기상천외한 아이디어를 내놨어요. 팥빙수였습니다. 로비에 팥빙수 셀프 서비스 테이블을 만들래요.

저는 그 얘기를 듣는 순간 머릿속이 화르르 타버릴 지경이었어요. 지금도 카운터에 아이스크림이랑 토스트가 상시 비치되어 있는데, 손님들이 테이블에 흘려놓은 아이스크림이며 딸기잼이며 식빵 부스러기를 삼십 분마다 닦아내야 되는데 뭐, 파알비잉수우?

팥빙수를 개시한다는 건 호텔 캐셔에게 무엇을 의미하냐면요. 빙삭기 아래엔 늘 물이 고이고, 손님이란 인간들은 손모가지가 다들 고자인지 팥이며 시럽을 질질 흘리고, 달달한 것이 상온에 나와 있으니 날파리가 늘 꼬이는데, 그런 것들이 잠깐이라도 치워져 있지 않으면 사장새끼는 잔소릴 퍼붓고, 그런 와중에 서울 시내 대학들이 일제히 방학에 돌입해서, 돈 없는 대학생 거지새끼들이 무한 대실로 결제해서 들어오고, 이 돈 없는 거지새끼들이 한 시간에 한 번씩 팥빙수를 갈아먹으러 내려오는 것을 의미하죠.

심지어 손이 문드러지고 발모가지가 썩어진 게 분명한 마초 불륜남 새끼가 카운터로 전화해서 "1102호에 팥빙수 두

내일은 내일의 캐서가 온다

개" 뭐 이런 십장생 같은 소릴 할 때 불행히도 카운터에 사장이 서 있다면 "야, 더럽지만 그냥 니가 한 그릇 말아서 갖다 줘라" 뭐 이런 수박씨발라먹을 소릴 하는 걸 의미해요. 네. 팥빙수는 그런 수많은 의미를 함축하고 있어요.

이쯤 되니 도대체 다른 호텔 로비는 어떻게 생겨먹었는지 나는 몹시 궁금해졌어요. 그런데 차대리도 나와 똑같은 호기심이 샘솟았나 보더군요. 어느 날 아침엔가 차대리는 용산역전 모텔거리를 쭉 순회하고는 화차 삶아먹은 듯 콧김을 훅훅 내뿜으며 돌아왔어요.

내 이럴 줄 알았어! 이럴 줄 알았다고! 기껏해야 티테이블 정도? 토스터 있는 모텔은 딱 한 군데 밖에 못 봤어요. 심지어 냉장고 없는 데도 수두룩해! 시발!

그날로 나는 사장실에 쳐들어가서 사표를 냈습니다. 사장님, 아니 아저씨, 저 관둘래요. 아뇨, 호텔 일은 재미있었고 (뭐 이 미친년아?) 아저씨도 차암 잘해주셔서 감사했어요. 하지만 이제 글 쓰는 일로 다시 돌아가야지요. 그동안 고마웠습니다. 이 은혜는 잊지 않을게요.

그런데 이튿날, 내가 팥빙수 때문에 그만둔다고 말하자 지배인이 코웃음을 치더군요.

파앝비잉수우? 고작 팥빙수 때문에? 이봐, 나주임. 팥빙수 따윈 약과야. 그건 아무것도 아니라고오.

그러면서 지배인은 어느 가을날의 슬픈 전설을 가만가만 들려주었어요.

옛날 그리 멀지 않은 옛날, 이 호텔 프런트에는 재미교포 여자애 하나가 들어와 캐셔로 일하고 있었어요. 미국에서 칼리지를 갓 졸업하고 엄마 손아귀를 탈출해 한국으로 들어온, 가엾은 아이였대요. 스물한두 살밖에 안 됐으니까 머리도 팽팽 잘 돌아가고, 무엇보다 영어가 되니까 지배인이 둥기둥기 업고 다녔지요. 이 아이 덕분에 외국인 손님이 열 명이 오고 백 명이 와도 두려울 것이 없었거든요. 그녀는 대한민국 호텔의 미래를 책임질 꿈나무로 무럭무럭 자라고 있었습니다.

그러던 어느 날 이 아이에게 시련이 찾아왔어요. 박사장이었습니다. 때로 열정적인 사장의 등장은 물탱크가 추락하는 것보다 더 큰 재앙이니까요. 드림초콜릿에 들어오고 얼마 되지 않았을 때 박사장은 열의가 넘치다 못해 급기야 이런 제안을 하기에 이르렀어요. 가을비가 추적추적 내리던 날. 창밖으로 비 오는 풍경을 아스라이 바라보다가.

야! 얘들아! 빈대떡을 부쳐서 손님들한테 나눠주면 어

내일은 내일의 캐셔가 온다

떨까? 비 오는 날 빈대떡 먹으면 맛있잖아. 캬아- 막걸리 생각난다. 차대리야, 저 앞 슈퍼에 가서 장수막걸리 한 병만 사와라!

처음엔 다들 '미친놈이 무슨 저런 악독한 농담을 하는가' 하며 귀를 의심했어요. 아니, 언니 같으면 안 그랬겠어요? 그런데 사장이 정말로 부침가루와 식용유, 부추 따위를 주문한 겁니다. 이 호텔과 거래하는 식료품점에 직접 전화를 걸어서.

재미교포 캐셔는 평소에도 박사장을 지붕 아래 개 쳐다보듯 등한시했단 말이죠. 어메리칸 스타일이니까. 박사장이 빈대떡 서비스를 제안했을 땐 닭장에 기어다니는 빈대 보듯 했다고요. 뼛속까지 어메리칸 스타일이니까.

지배인은 문득 두려움이 쓰나미처럼 몰려왔어요. 이런 자유분방하고 탈권위주의적인 어메리칸 캐셔한테? 빈대떡을 부치게 하라고?

내가 아까 얘기했잖아요. 이 업계는 캐셔들이 워낙 자주 때려치워서 구인난이 심각하다고. 지배인은 몹시 겁이 났어요. 어메리칸 캐셔에게 빈대떡을 부치라고 했다간 당장 호텔 문을 박차고 나가서 두 번 다시 돌아오지 않을까 봐. 그래서 그는 박사장을 저주하고 박사장을 데려온 건물주를 저주하며 주차장으로 나갔어요. 빈대떡을 직접 부치려요. 지배인은 자기 차 안에서 썩어가고 있는 텐트를 꺼내서 호텔 주차장 한구석에 펼쳤습니다. 그런데 버너에 불을 켜고 프라이팬에 식용유를 두르다가 불현듯 그런 생각이 들더래요. 씨발, 내가 지금 여기서 뭐하는 짓거리인가. 즉 '여긴 어디? 난 누구?'라는 근원적인 물음에 도달한 것이지요. 그길로 사장실에 들어가서 한 시간 동안 설득을 했다고 해요.

사장님, 빈대떡은 아닙니다. 이건 정말 아니에요.

박사장의 참신한 빈대떡 아이디어는 그렇게 역사의 뒤안길로 사라졌어요. 다행이지요. 하지만 빈대떡을 부치거나 말거나, 어메리칸 스타일의 자유로운 영혼은 얼마 뒤 호텔을 관뒀다고 합니다. 지금은 말레이시아의 작은 민영 항공사에서 승무원으로 일하고 있대요. 참 다행이지요. 그녀를 위해서도, 이 호텔의 평화를 위해서도.

그리고 나는 이 호텔을 나오던 날 팥빙수 기계를 들고 나왔어요. 팥빙수 위에 뿌리는 초코 시럽, 딸기 시럽, 그리고 연유랑 빙수 떡도 싸그리 감아 왔습니다.

일주일째 박사장한테서 전화가 오는데 안 받고 있어요.

내일은 내일의 캐셔가 온다

팥빙수 기계 도로 갖다놓으라고 지랄할까 봐. 하지만 안 될 말이죠. 아니 시발, 팥빙수는 팥빙수 집에 가서 사 먹어야지. 왜 호텔에서 팥빙수를 주고 지랄이야. 그게 날파리가 얼마나 꼬이는데. 그리고 지배인도 사장실에 들어가서 박사장을 다시 한 번 설득했다고 해요. 사장님, 팥빙수는 아닙니다. 이건 정말 아니에요. 그러니까 언니는 언제 한번 나한테 밥을 사 줘야 돼요.

이 호텔에서 일할 때 숙지해야 하는 기타 세부 사항은 조만간 출간될 『달콤한 밤 되세요』를 참조하세요. 202호는 왜 새벽에 팔아야 되는지, 여름철에 13층은 왜 정신 멀쩡한 인간들한텐 팔면 안 되는지 따위. 이런저런 것들. 친절하게 설명해두었지만 읽고 나면 내일 당장 이 호텔을 관둬버리는 부작용이 있다는 건 안 비밀.

아, 그리고 언니! 관둘 때 관두더라도 토스터는 꼭 들고 나와요. 내가 당신의 노동환경 개선을 위해 팥빙수 기계를 째벼서 도망쳤듯이.

이 호텔에 더 이상 불행한 캐셔가 생겨선 안 됩니다. 아니 시발, 호텔 로비에 토스터가 웬 말이냐고. 우리가 여기 매출 정산하러 왔지 식빵 부스러기 닦으러 온 건 아니잖아? 그

러니까 언니, 언니는 그 배라묵을 토스터를 째벼서 나오는
걸로.

자아, 이제 얼음이나 사러 가볼까, 룰룰룰−.

작가의 말

노정

이 소설에 등장하는 인물과 장소는 모두 허구다. 나는 호텔에서 일한 적이 없다. '드림초콜릿'이라는 호텔 역시 존재하지 않는다. 자살 시도를 한 적도 없고 정신병원은 지척에도 가보지 못했다. 그랬다면 참 좋았을 것이다. 오랫동안 나는 내가 싫었다. 지금도 딱히 사랑스럽진 않다. 나는 '나명'보다 훨씬 못났고 엉망이었다. 눈뜨고 못 봐줄 지경이었을 것이다. 그런 나를 보살피고 도닥여준 벗들 덕분에 이렇게 살아있다. 살다 뿐인가, 팔자에 없던 소설도 냈다. 별일이다. 사람 하나 살려놓고 여태 공치사 한마디 듣지 못한 사람들에게 하는 얘기다. 고맙다.

다시 한번 말하자면, 이 소설에 등장하는 모든 인물은 허구다. 연인이 스스로 목숨을 끊는, 그런 가슴 아픈 사연은 내

생에 없었다. 다 쓰고 보니 무의식적인 자기합리화였다는 생각도 든다. 죽도록 사랑하고 죽도록 미워한 남자였다면, '리재' 같은 남자가 죽었다면 그럴 수도 있지, 아마 그랬지 않았을까, 뭐 이렇게. 스스로 납득 가능한 픽션으로 만들었지 싶다. 그래서 내게 이 소설은 실패한 심리부검 보고서이다. 책 한 권을 다 쓰고 나서도 나는 여전히 나를 잘 모르겠다.

이 책을 읽고 기함하게 될 우리 엄마 때문에 다시 한번 더 힘주어 말하자면, 이 소설은 처음부터 끝까지 모조리 다 허구다. 나는 자살 시도를 한 적도, 정신병원에 입원한 적도 없는 딸이 되고 싶었다. 남부럽지 않게 사는 딸까지는 못 되어도 근로기준법을 준수하는 안전한 사업장에서 일하는 딸이라도 되고 싶었는데 그 또한 이루지 못했다. 아침에 출근해서 아침에 퇴근하는 호텔을 관두더니 새벽에 출근해서 자정에 퇴근하는 기획사에서 일하고, 그나마도 때려치우더니 이제는 소설 나부랭이 쓴다고 '처자빠져 있는' 딸년 때문에 속이 썩어 문드러졌을 것이다. 돌이켜 생각해 보면 엄마한테 해준 게 너무 없다. 교사 딸도 되어주지 못하고, 이 배라묵을 '레드콤플렉스'의 땅에서 빨갱이가 웬 말인가, 거기에다 평생 전세 만기일에 쫓기며 달팽이처럼 살게 되겠지, 나도 안다. 미안하다. 그래도 나는 억울하다. 사랑해, 사랑해, 사랑한다고. 사실은 그거면 된 거 아냐? 엉?

마지막으로 말하건대, 이 소설은 허구다. 이 책을 쓰는 석 달 동안 나명으로 살았다. 다른 사람의 삶을 살아본다는 건 흔치 않은 기회다. 이래서 소설을 쓰나 싶다. 소설 쓰는 언니들과 함께 울고 웃었던 지난겨울은 내 인생에 또 하나의 복이었다. 페이스북에 끼적거리던 보잘 것 없는 내 글들을 눈여겨보고 선뜻 손을 내밀어 준 김서령 작가에게도 감사의 뜻을 전한다. 계속 일하고, 세상을 만나고, 글을 쓰면서 사는 것도 나쁘지 않겠다는 확신이 들었다. 다음번에는 공사장 함바집 같은 데 취직할까 진지하게 고민 중이다. 공사장에서 반년쯤 일하면 이번에는 부동산 공화국에 대한 소설을 쓸 수 있을지도 모른다. 그러나 나의 현명한 벗들은 하나같이 뜯어말렸다. 정신 차려, 넌 이제 뼈가 삭기 시작한 40대라고!

작가의 말

드로잉메리

『달콤한 밤 되세요』라는 달콤한 원고를 받았습니다. 제목만으로도 두근거렸습니다. 그렇게 첫 장을 넘겨 등장인물들과 공간을 상상하며 글을 읽어갔습니다. 첫 소설의 그림 작업인 만큼 꼼꼼하게 체크하며 읽어봅니다. 등장인물, 장소, 중요한 사물. 하지만 곧 본분은 잊고 이야기에 빠져듭니다. 나명과 함께 밤을 새우며 손님들과 씨름했고, 리재와 선배와 함께 밤하늘도 올려다보고, 장례식장도 다녀왔습니다. 다 읽고 난 후에는 고민이 많아졌습니다. 꿈처럼 달콤하지만은 않은 현실 앞에 갈팡질팡하기도 했습니다. 그러던 중 무너져가는 호텔 옥상에서 밤마다 하늘의 별을 본다는 나명이 떠올랐습니다. 아픔을 뒤에 두었지만 밝고 씩씩한 나명이 좋았고, 그 모습을 전체적인 방향으로 잡아 그림을 채워갔습니다. 작업을 하며 또다시 두근거림이 찾아왔습니다. 과연 모두가 나명의 모습에,

호텔의 모습에 수긍할 수 있을까? 인물들 사이에 흐르는 기운이, 장례식장 앞에 나명을 바라보는 선배의 마음이 잘 전달될까? 걱정도 되고 잘하고 싶은 욕심도 났습니다. 허구의 인물을 눈에 보이게 표현한다는 것은 꽤나 흥미로운 작업입니다. 분명히 어렵지만 분명히 재밌다는 점이 매력이랄까요. 다시 찾아온 두근거림은 그것 때문이었을지도 모르겠습니다. 이 매력적인 작업을 할 수 있게 해준 노정 작가와 김서령 작가에게 고마움을 전합니다. 우리의 작업은 끝났지만 저는 어디선가 실제로, 째벼온 팥빙수 기계로 빙수를 만들어 먹고 있을 것 같은 나명과 나명 안의 리재를 응원합니다.

작가의 말

내가 읽은 달콤책

소설가 심윤경

지금 열쇠를 받아 들어가는 사람들의 뒷모습을 보는 최저시급 호텔리어의 복잡한 속내를 엿보며 두어 시간 상큼하게 키득거려도 좋다. 나처럼 먹먹해서 울어도 좋겠다. 사랑에서 죽음까지 모든 일이 일어나는 드림초콜릿호텔은 나를 웃게 하고 울게 하다가 끝내 꼭 껴안아 등을 두드려주는 두툼한 가슴팍 같았다.

내가 읽은 달콤책

소설가 한창훈

흔히 현대인들의 욕망 집결지라 불리는 호텔. 하지만 드림초콜릿호텔에서 청소를 하고 키를 관리하는 이들은 욕망과는 전혀 무관한 생명체들이다. 이들이 만나는 것은 콘돔뿐만 아니라 기괴한 성격의 아이덴티티 분명한 손님들과 폭력, 자살 같은 골치 아픈 사건 사고들. 그때마다 이들은 눈치를 보는 벌레처럼 웅크린 채 하루를 더 살아나간다.

마치 유명 에로배우를 다룬 다큐에서 콩나물과 곤약조림, 아버지가 유산으로 남겨놓은 채무, 혈액암 투병 중인 큰조카의 사연을 본 듯한 이 기분. 자의식 과잉의 요즘 소설 세태에 젊디젊은 작가가 각자도생의 사연들을 이렇게나 능청스러우면서 촘촘하게 그려내고 있다는 것만도 놀라운데 거기에 대한민국 사회정치까지 녹여내고 있다.

이런 소설, 오랜만이고 참 반갑다.

폴앤니나 소설 시리즈 001

달콤한 밤 되세요

ⓒ노정/드로잉메리 2019

초판인쇄 2019년 10월 10일
초판발행 2019년 10월 10일

지은이 노정
그린이 드로잉메리
펴낸이 김서령
책임편집 이진
편집 박다람쥐
디자인 형태와내용사이
제작 최지환

펴낸곳 폴앤니나
출판등록 2018년 3월 14일 제 2018-09호
주소 12777 경기 광주시 순암로36번길 87
팩스 031-624-8078
대표메일 paul_and_nina@naver.com
폴앤니나 홈페이지 www.paulandnina.com
폴앤니나 블로그 blog.naver.com/paul_and_nina
폴앤니나 페이스북 www.facebook.com/paul2nina
폴앤니나 인스타그램 @titatita74

ISBN 979-11-967987-1-0 03810